KB232523

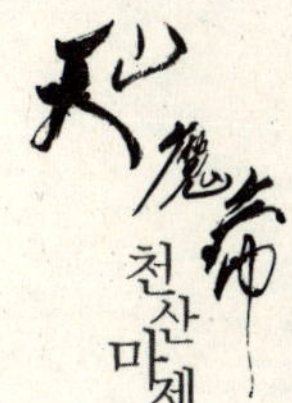

일룬 新무협 판타지 소설

FANTASTIC ORIENTAL HEROES

천산마제 4

일류 新무협 판타지 소설

초판 1쇄 찍은 날 § 2010년 3월 31일
초판 1쇄 펴낸 날 § 2010년 4월 6일

지은이 § 일류
펴낸이 § 서경석

편집장 § 문혜영
편집 § 서지현 · 주소영

펴낸곳 § 도서출판 청어람
등록번호 § 제1081-1-89호
등록일자 § 1999. 5. 31
어람번호 § 제2-1910호

주소 § 경기도 부천시 원미구 심곡2동 163-2 서경B/D 3F (우) 420-822
전화 § 032-656-4452 팩스 § 032-656-4453
http://www.chungeoram.com
E-mail § chungeoram@chungeoram.com

ISBN 978-89-251-2138-3 04810
ISBN 978-89-251-2081-2 (세트)

십인회 4
천산마제
天
魔
일륜 新무협 판타지 소설

第一章
자각

“시작할까?”

검왕의 한마디에 용악의 심장이 미친 듯이 날뛰기 시작했다.

이 년 전, 천산 정상까지 올라온 검왕에게 용악이 건넨 첫마디였다.

그때, 검왕은 화를 내지 않았다.

“볼일이 있어서 왔네. 자네와는 상관없는 일이니 비켜주게.”

타이르듯 담담하게 말하던 검왕의 목소리를 용악은 지금

도 잊을 수 없었다.

당시만 해도 감히 천산마제 용악에게 그런 말을 하는 사람
은 없었다.

누가 됐든 용악의 앞에 선 사람은 싸워야 했다.

그것이 천산의 법이었다.

용악과 검왕은 한눈에 서로가 초절정고수란 것을 알아봤
다. 두 사람은 누가 먼저랄 것 없이 곧장 전력을 기울인 일수
를 교환했다.

지금처럼.

팡!

용악의 기운과 검왕의 기운이 충돌을 일으키며 연무장 양
쪽으로 각각 이동했다.

아직 중앙에 남아 있던 네 호검은 감탄할 새도 없이 연무장
을 벗어났으나 그들의 눈은 용악에게서 떨어지지 않았다.

용악은 연무장 끝에 내려서자마자 일흡 급속을 이용해 신
형을 솟구쳤다.

한순간에 무려 십여 장 가까이 허공으로 솟구친 용악은 재
차 왼발에 오른발을 얹어 한 번 더 도약했다. 두어 번 만에 이
십여 장을 올라간 용악의 앞에 검왕이 있었다.

허공으로 떠오른 것이 하나 더 있었다. 바로 용악이 허공으
로 솟구치기 직전에 흩뜨린 녹지 않은 눈들이었다.

"저, 저런 신법이라니……."

"이미 정해진 높이였단 말인가? 허……."

서호검이 남호검의 말을 보충해 주었다.

그때까지 유독 한 사람만이 입을 꾹 다문 채 가만히 있었다.

'나와 싸울 때와는 비교도 할 수 없는 움직임!'

세 호검 중 유일하게 용악과 싸워본 북호검으로서는 허탈하기까지 했다.

용악과 부딪친 마지막 느낌을 잊을 수 없었다.

그때는 그것이 용악의 전력이라고 생각했건만 지금 보니 실력의 삼 할도 안 되는 것 같잖은가?

"아무래도 호검들께서 수고를 해야 할 것 같소. 제자들을 연무장에서 최소 삼십 장 이상 물러나게 해주시오."

서호검이 허공을 바라보다 안색을 굳히며 다른 호검들에게 부탁했다.

호검들은 서호검의 말이 끝나기 무섭게 동서남북으로 흩어지며 교검장들에게 지시를 내렸다.

용악과 검왕은 허공에서 서로를 마주 봤다.

'한 번. 그 이상은 무의미하다.'

용악은 검왕을 이기기 위해 찾아온 것이 아니었다.

그럼에도 전신은 긴장으로 인해 세포 하나하나가 깨어난 상태가 됐다.

용악의 손과 천마수 촉수 하나하나가 연결된 것까지 의식
될 정도로 신경이 집중되어 있었고, 머릿속으로는 검왕의 천
강을 막을 방법을 떠올리느라 여념이 없었다.

'이번엔 찢을 수 있을까?

풍령 악승에게 천마수를 받은 이유는 간단했다.

천마수의 힘이라면 용악의 내상도 나을 수 있을 것이라는
말 때문이었다.

언제부터 천마가 강호 활동을 했는지, 어느 정도나 강했는
지에 대해 아는 이는 전무했다. 하나 혈교의 주인이었던 혈마
는 천마가 남긴 무공만 갖고 초절정고수에 올랐다고 했다.

그런 천마의 힘이 고스란히 담겨 있다는 천마수는 당연히
용악에게 희망을 갖게 만들었다.

용악의 손이 천마수와 분리되는 순간, 천마의 힘이 용악에
게로 전해진다면, 만약이라도 그렇게 된다면 용악의 내상도
치료될지도 몰랐다.

살아 있는 육천좌가 언제 다시 천산을 넘을지 용악은 알지
못했다. 물론 용악이 그들을 막아야 할 이유는 없었다. 하나
용악은 이제껏 한번 시작한 싸움을 멈춘 적도 없었다. 끝을
볼 때까지 싸워야 하는 것이다.

현재 용악의 상태로는 육천좌와 십 초도 겨루기 힘들었다.
최대한 빠른 시간 내에 다시 만벽을 이뤄 이전의 용악이 되어
야 했다.

지금 이 순간이 바로 그 시작인 셈이었다.

용악이 손을 양쪽으로 펼쳤다.

'촤악!' 하며 허공으로 떠올랐던 녹지 않은 눈들이 용악의 기세에 휘말려 휘돌기 시작했다.

용악의 주위를 떠도는 눈에 일흡 나선투가 심어져 알아서 용악을 가려주고 있었다. 물론 그런 잔재주가 검왕에게 통할 리는 없겠지만 허공에 떠 있기 위해 불필요한 진기를 소모할 필요는 없었다.

용악은 휘도는 작은 눈 뭉치 중 하나로 손을 가져가 살짝 건드렸다.

투항!

용악의 손에 심어진 일흡 급속의 기운과 눈 조각에 심어진 일흡 나선투의 기운이 서로 충돌을 일으키자, 눈 뭉치가 굉음과 함께 탄환처럼 무서운 속도로 검왕을 향해 날아갔다.

휘도는 눈보라 사이를 뚫고 일직선으로 날아오는 눈 뭉치를 보며 검왕은 웃었다. 슬쩍 손을 들어 막는 시늉을 했다.

팡!

짧은 음향과 함께 눈 조각이 허공에서 사라졌다.

"좋군."

검왕은 손바닥에 느껴지는 묵직함에 절로 기분이 좋아졌다.

"그건 인사였습니다."

용악은 검왕이 눈 뭉치를 막는 순간 이미 자신의 주위를 휘
도는 눈 뭉치들을 마구 때려내고 있었다.

타타타— 항!

검왕은 신형을 가라앉히며 연속해서 날아오는 눈 뭉치들
을 일일이 손바닥으로 막아냈다.

그러자 용악의 눈빛이 달라졌다.

검왕이 저 눈 뭉치들을 받아준다는 가정하에 용악은 다음
을 준비하고 있었기 때문이다.

눈 뭉치들은 검왕의 발을 묶어두기 위한 미끼였다.

푸학!

연무장 바닥이 갑자기 일어나며 검왕의 발밑을 향해 원뿔
모양의 기둥을 토해냈다.

"허허허. 이번엔 땅인가?"

검왕은 날아오는 눈 뭉치에 이어 기둥까지 솟구치자 양손
을 위로 들어 올리는 시늉을 했다.

그러자 검왕의 주변에 거대한 막이 형성됐다.

쿠콰콰!

눈뭉치 공격과 원뿔형 기둥의 공격이 쉽게 무너졌다.

"이걸 노렸어요."

용악의 목소리가 들린 것은 검왕이 만들어낸 막 앞이었다.
어느새 다가왔는지 용악은 검왕이 만든 막에 손을 대고 있었
다.

쑥—

용악은 검왕의 진기에 전혀 영향을 받지 않고 손을 안으로 밀었다. 용악의 손은 막 안까지 거침없이 들어갔다.

이화유능제의 효과였다.

막 안으로 들어간 손을 통해 일흡 급속을 심는 동시에, 다친 이후에는 한 번도 사용한 적 없는 일흡 무궁(無窮)까지 쏟아냈다.

일흡 무궁은 일흡 기벽, 나선투, 급속을 한꺼번에 얽을 수 있는 수법으로, 곧장 검왕의 전신을 옭아갔다. 하나 극한까지 뻗어나가진 못했다. 일흡 무궁을 펼치기 위해서는 엄청난 내공이 필요하기 때문이다.

“……!”

일흡 무궁을 펼친 직후 용악의 표정이 굳었다.

일흡 무궁이 검왕의 몸을 얽기도 전에 바다에 빠진 모래처럼 흔적도 없이 사라졌기 때문이다.

용악과 검왕의 눈이 마주쳤다.

“허허. 오랜만이라 봐주는 겐가? 그렇다면 내 쪽에서 제대로 환대를 해주지. 천강이네. 흡!”

검왕은 흥이 나 가벼운 기합으로 용악과 일흡 무궁을 밀어내고는 손짓만으로 허리에 찬 검을 허공 위로 솟구치게 만들었다.

두 사람의 공간을 가득 메우고 있는 눈보라를 뚫고 치솟는

검의 위용은 장엄했다. 마치 하늘과 땅이 검으로 연결된 것처럼 보일 정도였다.

"천강……."

용악은 허공을 바라보며 혼잣말을 했다.

기다리고 있었다. 현재의 용악으로서는 저 천강을 막지 못한다는 것을 알면서도 이것이 천마수를 찢을 기회이기에 놓칠 수 없었다.

용악의 입가의 웃음이 얼굴 전체로 퍼졌다.

오 할에 불과한 내공이지만 전력을 다해 전신에 퍼지게 했다. 그리고는 확장된 기운을 일시에 외부로 뿜어냈다.

쿠콰콰콰!

강력한 기운의 운용으로 눈보라 가득한 주변이 진동을 일으켰다.

서서히 용악의 신형이 허공으로 떠올랐다.

만벽까지는 아니더라도 일으킬 수 있는 기벽을 모두 일으켰을 때 나타날 수 있는 현상이었다.

전신을 활짝 편 채 떠오르는 용악을 보며 검왕은 검을 손에 쥔 것처럼 자세를 잡았다.

그러자 허공에 떠오른 검끝에 빛이 일렁였다.

그 빛은 곧장 용악을 향했다.

곧 천강이 혜성처럼 떨어질 것이다.

용악은 이미 본 천강을 떠올렸다.

한 번뿐이었지만 이 년 전에는 만벽으로 막아낼 수 있었다. 아니, 겨우 막아냈다. 하나… 지금은 불가능했다.

팟!

검끝에 형성됐던 동그란 빛이 덩어리를 토해냈다.

그 빛 덩어리는 곧 수십 개로 늘어났고 이내 용암처럼 사방으로 폭발을 일으켰다.

'아름답다.'

용악은 아름다운 빛 덩어리 하나하나가 지닌 위력을 잘 알고 있었다.

강기 무공의 최종 단계가 있다면 저 천강이 아닐까?

다급한 상황에서 용악의 입가에는 미소가 번졌다.

용악은 이내 이를 악물곤 만들어낼 수 있는 만큼의 기벽을 일으키며 양손을 들어 반원 형태를 취했다.

쾅!

검왕의 천강이 용악의 기벽을 뚫고 들어왔다.

벽이 하나씩 깨져 나갈 때마다 용악의 몸이 흔들렸다.

"저런 인간이었… 어?"

부용은 검왕과 당당하게, 그것도 맨손으로 부딪치는 용악의 모습에 심장이 터질 것 같은 감동을 받았다.

남자, 부용이 꿈에 그리던 남자가 저곳에 있었다.

부용의 몸은 쉴 새 없이 떨렸고, 급기야 그렁그렁 눈물까지 맺혔다.

"하하하……."

검성호가 먼저, 만우흔이 나중에 웃었다.

두 사람으로서는 어쩔 수 없는 사람을 보고 있었다.

그런데도 자꾸만 웃음이 나왔다.

두 사람의 상식을 넘어서는 무위에 승부고 뭐고 아무 생각
이 안 나는 것이다.

"아빠, 저 아저씨, 멋있다……."

아영은 검성호의 손을 잡아끌며 용악을 가리켰다.

검성호는 미미하게 고개를 끄덕여 주었으나 시선은 용악
과 검왕에게 고정되어 있었다.

그리고 또 한 사람.

용악의 무위에 전율하는 순간 부용을 돌아본 죽영.

어차피 정검련에 왔을 사람이었다.

어차피 부용과 마주쳤을 사람이었다.

죽영은 스스로의 감정을 추스르려 했으나 여전히 편하지
가 않았다.

동서남북을 지키고 있던 호검들의 반응 또한 연무장에 모
인 정검련 제자들과 별반 다르지 않았다.

멀리 북호검이 손을 들어 허공을 가리키고 있었다.

검왕이 천강을 펼친 것에 대해 놀라움을 감추지 못하는 것
이다.

서호검은 다른 호검들을 살펴볼 것도 없었다.

그 스스로가 이미 두 사람의 싸움을 지켜보느라 입을 다물지 못하고 있는 상황이었다.

'살아온 인생의 길이가 다르건만 검왕께선 지금 그 차이를 인정하고 계신다. 천강을 펼치신 것만 해도 놀라운데… 그걸 받아내는 저 천산마제란 자는 도대체 얼마나 강하단 뜻인가?'

서호검에게 용악은 더 이상 청년이 아니었다.

천산마제라는 엄청난 고수였다.

용악을 처음 봤을 때는 어느 정도 무공을 감추고 있다고만 여겼지, 검왕이 인정했던 몇 안 되는 고수 중 한 명이란 생각까진 하지 못했다. 그렇기에 더욱 충격을 받은 것이다.

'내 눈으로 보고도 믿기 힘들구나.'

서호검은 검왕의 검에서 나온 빛 덩어리로 몸을 날리는 용악을 보며 사람들을 뒤로 물려야 한다는 생각을 했다.

"더 뒤로!"

서호검의 외침에 정신을 차린 다른 호검들이 제자들을 뒤로 물러서게 만들었다.

쾅! 쾅!

처음엔 단단하기 이를 데 없는 금강석과 같았던 용악의 방어가 서서히 물러졌다.

‘한 번만 더 막으면… 기벽은 뚫린다.’

용악은 덜덜 떨리는 몸을 억지로 유지시키며 끝도 없이 날아오는 천강을 지켜봤다.

쾅!

드디어 마지막 기벽이 깨졌다.

용악의 얼굴이 일그러졌다.

스르르.

반원의 형태를 취하고 있던 용악의 양손이 날아오는 빛 덩어리를 향해 움직였다.

천마수가 과연 강기까지 막아낼 수 있을까?

의심은 무의미한 낭비였다.

의지에 맡기고 손을 뻗었다.

지금 천마수를 찢지 못하면 기회는 없었다.

현 강호에서 검왕보다 강한 고수는 없기 때문이다.

용악의 귀에는 아무것도 들리지 않았고 눈은 오직 빛 덩어리에 향해 있었으며 양손은 용악의 것이 아닌 것처럼 무감각하게 변했다.

“큭!”

용악이 짧게 기침을 하자 그 안에서 피가 섞여 튀어나왔다. 감각이 없어서 다행이었다. 아프다는 것조차 생각나지 않는 탓이다.

쾅!

양손에 닿기도 전인데 빛 덩어리가 요동을 쳤다.

용악의 머릿속에 갑자기 엉뚱한 생각이 들었다.

이런 기분을 느끼게 만든 풍령 악승의 거대한 배를 반드시 터뜨려 주겠다는.

손에서 시작된 묵직함은 이내 어깨를 타고 척추 하나하나까지 영향을 미쳤다. 조금만 더 버티면 뭘 어떻게 해야겠다는 의지 따위는 따로 뚝 떼어내 버리고 말 것 같았다.

그때였다.

찡!

진기의 흐름을 막고 있던 두 곳의 혈이 반응을 일으켰다. 유문혈과 결분혈이 있는 명치 아래와 어깨 쪽이었다. 죽어 있던 신경이 마치 살아나기라도 한 것처럼 따끔거렸다.

손에는 감각이 사라졌고 눈에 보이는 건 온통 하얀색뿐인 상태에서 따끔거린다?

용악은 정신을 추슬렀다.

망가졌다 여긴 혈이 아직 살아 있을지도 모른다는 생각이 든 까닭이다.

그 때문일까?

용악의 단전에서 양손으로 이어지는 힘이 갑자기 강해지는 것 같았다. 아니, 어깨까지 이어지는 힘이 강해지는 것 같았다.

이미 손에는 감각이 사라진 후였다.

불끈!

용악의 전신이 순간적으로 빛에 휩싸이며, 양손으로 막고 있던 빛 덩어리를 위로 들어 올렸다. 그리고는 서서히 옆으로, 옆으로 이동시켜 갔다.

결국 천강을 흘리는 데 성공했다.

콰쾅!

용악의 뒤쪽에서 엄청난 굉음이 터졌다.

그것이 한계였던 모양이다.

바닥으로 떨어지는 용악의 눈에 어리둥절한 검왕의 표정이 보였다.

픽.

미안함에 실소가 터져 나왔다.

그러나 천강을 밀어냈다는 것은 엄청난 걸 알게 해주었다. 아직 손이 있다는 뜻이었고, 그것은 어쩌면 용악이 의도했던 천마수와 손의 분리를 이뤄냈을지도 몰랐다.

'찢었…….'

용악은 끝내 천마수가 찢어졌는지 확인하지 못하고 정신을 잃었다.

쓰러지는 용악을 받아 든 사람은 검왕이었다.

"어찌 이런 일이 가능하단 말입니까?"

"천강을 받아내는 사람을 본 것도 처음이지만, 이렇듯 어린 사람이……."

네 호검이 검왕의 뒤로 내려서며 한마디씩 했다.

다들 지나치게 숨을 몰아쉬고 있었다.

용악이 검왕의 천강을 받아내는 순간부터 거의 숨을 멈춘 까닭이다.

"모를 사람이야……."

검왕은 용악을 바라보며 중얼거렸다.

예전의 용악이 아니란 것은 이미 어느 정도 알아채고 있었다. 하나 이 정도일 줄은 상상도 못했던 것이다.

"천강을 맨손으로 막다니… 제 눈으로 보고도 믿기지가 않습니다."

"천산마제에게 그 정도가 대수일까. 예전의 천산마제였다면 천강 하나 정도는 가볍게 튕겨냈을 걸세. 허허허. 이토록 몸이 망가졌을 줄이야……."

검왕은 혀를 내두르며 다가온 북호검을 돌아보며 슬픈 표정으로 입을 열었다.

"가, 가볍… 천강을……."

북호검은 검왕의 황당한 대답에 말을 잇지 못했다.

'저, 저 정도가 몸이 망가진 모습이란 건가?

서호검은 황당함을 넘어 경이에 가까운 말을 검왕으로부터 직접 듣자 할 말을 잃고 말았다.

"흥분해서 사람을 제대로 못 보다니… 아직도 멀었군, 멀었어. 허허허."

검왕은 지난 이 년 동안 용악을 한 번도 잊어본 적 없었다, 십천좌들과 싸우며 검왕 못지않은 위력을 보여주던 용악의 활약을.

그 싸움에서 큰 부상을 입었던 것이다.

검왕이 떠날 때 웃어주기까지 했던 사람이.

겨우 약관을 갓 넘긴 사람이.

검왕은 모든 것이 자신의 책임으로 여겨졌다.

"의검(醫劍)을 불러주게. 내 부탁이라고 하면 와줄 게야."

"……!"

네 호검의 안색이 딱딱하게 굳었다.

의검이 누군지 네 호검은 잘 알고 있었다.

지난 이 년 동안 유일하게 검왕을 방문했던 사람이었다.

나이 서른여섯에 지닌 의술을 버리고 검을 익히겠다며 찾아온 자로, 검에 대한 재능이 없어 십 년 동안 겨우 선검에 오른 자였다.

그러나 호검 중 그 누구도 의검을 함부로 대하는 사람은 없었다. 의검의 의술이 하늘에 닿았다는 검왕의 한마디 때문이다.

"알겠습니다."

서호검은 일단 대답을 했으나 막막했다.

"동정호 남쪽으로 하루를 가면 망상이란 곳이 나오네. 그곳에서 진생이란 의원을 찾게."

검왕이 모옥 안으로 들어가며 알려주었다.

상심한 마음이 목소리를 통해 고스란히 드러났다.

"서호검님, 저, 저 천산마제라는 분은 어떻게 되시는 건가요?"

부용이 사람들을 뚫고 연무장 중앙으로 달려오며 물었다. 눈에는 눈물이 그렁거리고 있었다. 검왕과 싸우는 용악의 모습에 감동해 버린 것이다.

당연히 말투도 극존칭으로 바뀌어 있었다.

"모르겠다. 이미 이곳에 오기 전에 다친 상태였다고 하더구나."

"다, 다친 상태? 서, 설마……."

서호검의 대답에 부용은 물론 연무장에 모인 정검련 제자들은 경악할 수밖에 없었다.

작은 웅성거림은 곧 전체로 퍼졌고, 완전할 때의 용악에 대한 말들로 채워지기 시작했다.

검왕을 신처럼 모시는 그들의 의식에 용악이 한순간에 파고든 것이다. 그만큼 용악의 모습은 강렬했다.

*　　　*　　　*

의원 진생을 동정호 근방에선 모르는 사람이 없었다.

그의 의술이 뛰어나서가 아니라 하는 행동이 기이했기 때문이다.

"왜 못 고쳐 주는데, 앙!"

팔이 부러져 말을 할 때마다 흔들리는 손을 보이며 사내는 고래고래 소리를 질렀다.

"당신은 죽지 않습니다."

의원은 단아하게 앉아 껄렁대는 사내를 똑바로 노려보며 짧게 대답했다.

그러자 주위에 앉아 있던 환자들이 킥킥대며 웃었다.

사십대 초반의 말라 보이는 의원이었으나 환자들은 다들 알고 있었다, 의원 진생을 힘으로 굴복시킨 사람이 없다는 것을.

"죽든 말든 내가 알아서 할 테니 이 손이나 맞춰줘 봐!"

껄렁한 사내는 진생이 말을 듣지 않자 아픔과 짜증이 밀려와 왼손으로 검을 뽑으려 했다.

"그건 뽑지 않는 것이 좋소."

마당에 늘어선 환자 중 노인 한 명이 가래 끓는 소리와 함께 말렸다.

"이런 썩어 뒈질 영감탱이가 어디서 끼어들어!"

껄렁한 사내가 그대로 노인을 걷어찼다.

"나 죽네, 죽어… 의원 나리, 나 좀 사, 살려… 크학!"

노인은 배를 움켜쥔 채 환자들 사이로 나뒹굴다가 피를 토하며 외쳐 댔다.

그때, 사내의 옆으로 바람이 느껴졌다.

"뭐, 뭐야?"

껄렁한 사내는 진생이 움직인 것을 보지 못했다.

어느새 쓰러진 노인의 곁에는 진생이 와 있었다.

진생은 그 자리에서 노인의 배를 만져 보고는 곤란한 표정으로 침을 놓았다.

그러자 피를 토하던 노인의 발작이 잦아지며 이내 혼절하고 말았다. 진생은 일하는 아이에게 뭐라고 말을 해놓고는 껄렁한 사내를 보며 고개를 절레절레 흔들었다.

짧은 상황이었으나 충분히 환자들에겐 신기(神技)로 보이기에 충분한 상황이었다.

"진 의원님, 살려주세요!"

"여기, 여기 좀 봐주세요!"

마당 가득 메우고 있던 환자들이 일제히 외치며 진생에게 달려들었다.

"닥쳐! 내가 제일 먼저야! 내 손이 얼마나 귀한 줄 아는 거냐? 저리 꺼져, 안 꺼져? 확!"

껄렁한 사내가 검을 뽑아 들고 환자들을 협박하자 환자들은 잠시 주춤했다가 눈을 희번덕거리며 달려들었다.

죽음을 도외시한 행동들에는 이유가 있었다.

노인이 껄렁한 사내에게 걸어차여 다 죽게 생기자 진생이 살려주는 모습을 봤기 때문이다.

환자들이 막 껄렁한 사내의 검에 몸을 내던질 때였다. 누군가가 껄렁한 사내의 뒷깃을 잡아 한쪽으로 내동댕이쳤다.

"으악!"

껄렁한 사내는 비명을 지르며 칼을 마구 휘둘렀다.

"진생이란 의원이오?"

듣기만 해도 오금이 저릴 정도의 기운이 마당을 가득 채웠다.

환자들을 가르며 진생에게 다가온 자들은 모두 넷인데 전부 도를 등에 메고 있었다. 껄렁한 사내를 내던진 자까지 다섯이었다.

"우리와 동행을 해줘야겠소."

"동행?"

진생이 의아한 얼굴로 되물었다.

다섯 중 유난히 얼굴에 털이 많이 난 사내가 진생의 반문이 못마땅한지 미간을 모았다.

껄렁한 사내는 털북숭이사내의 표정이 심각해지자 슬며시 덜렁거리는 손을 추스르며 의원에서 도망쳤다.

"위급한 분이 있소."

"저는 이곳을 떠날 수 없습니다."

진생은 털북숭이사내의 말을 단번에 잘랐다.

"중요한 환자요. 그분을 치료해 주신다면 진 의원에게도 큰 영광일 것이오."

“…….”

진생은 덤덤한 표정으로 털북숭이사내를 쳐다봤다.

진생이 명리를 바라고 의원을 연 것이 아님을 모르는 것이다.

“여기서 멀지 않은…….”

“저는 이곳을 떠날 수가 없습니다.”

진생의 의지가 확고했다.

“의원이 환자를 거부하겠다는 뜻이오?”

“거부가 아니라 이곳에도 환자가 있다는 뜻입니다. 목숨에는 귀천이 없습니다. 근처엔 다른 의원들도 많습니다.”

“목숨에 귀천은 없으나 순서는 있을 수 있소.”

“그런 말은 모릅니다.”

진생이 고개를 저으며 대답했다.

털북숭이사내가 할 말을 잃었다.

평소라면 알았다고 돌아설 수 있었다. 하나 지금 상황은 그렇지가 못했다.

‘도왕께선 제자들의 신상이 강호에 알려지는 것을 싫어하신다. 하나 이렇게 시간을 보냈다가는 주군께서 주화입마에 빠질지도 모른다.’

도왕은 묵도를 세우며 두 명의 제자를 두었다.

패도를 추구하는 갈파랑과 중도를 추구하는 임중걸.

이들 둘은 도왕의 무공인 봉황무적도(鳳凰無敵刀)를 대성하기 위해 지난 삼십 년 동안 경쟁에 경쟁을 벌여왔다.

털북숭이사내는 그중 임중걸의 심복 중 한 명인 철탑신도 홍대담이었다.

"그럼 어쩔 수 없군. 모셔라."

홍대담의 말이 끝나기 무섭게 두 명의 사내가 진생의 양쪽 손을 잡고 움직이려 했다.

팡!

"흐음?"

홍대담의 눈에서 이채가 발해졌다.

진생의 양팔을 잡았던 두 사내가 나가떨어졌기 때문이다.

"무공을 할 줄 아는군."

"난 분명히 거절 의사를 밝혔소."

진생과 같은 부류에 대해 홍대담은 어느 정도 알고 있었다. 스스로 하고자 하면 끝까지 해내지만 외부의 압력으로는 꼼짝도 안 하는 부류였다.

시간은 없고 진생이 적임자라는 것이 홍대담을 갈등하게 만들었다.

그때였다.

"의원 진생!"

까무잡잡한 피부에 흑진주 같은 눈을 빛내며 한 여인이 다급하게 의원 안으로 들어섰다.

유난히 치아가 하얗고 군살 하나 없는 매끈한 허리를 드러낸 부용이었다.

"나요."

진생이 이번에도 차분하게 대답했다. 마치 조금 전까지 아무런 일도 없었다는 것처럼 담담한 목소리였다.

"당……."

"같이 가셔야겠습니다."

부용이 당장 따라오라는 말을 하기 전에 부용의 바로 뒤에 도착한 죽영이 끼어들었다.

"어딜 말이오?"

"우린 정군산에서 왔습니다."

"정군산?"

진생의 얼굴에 처음으로 표정 변화가 일었다.

걱정스런 표정이었다.

"그분께서 진 의원을 부르십니다."

"그분… 혹여 그분께 무슨 일이라도……."

진생은 놀란 표정으로 끝까지 말을 하지 못했다.

"일단 가면서 말씀드리겠습니다."

"아, 알겠소. 잠시만 기다리시오."

진생은 죽영의 말이 끝나기 무섭게 허둥대며 방으로 들어가 도구와 약재를 챙겨 나왔다.

"갑시다."

진생이 막 의원을 나서려 할 때였다.

홍대담이 진생을 가로막았다.

몹시 불쾌한 표정이 역력했다.

"우리가 먼저요."

부용과 죽영의 등장이 진생에게 어떤 의미가 있는지 모르지만 홍대담이 모시는 사람은 이렇게 취급받아선 안 되는 사람이었다.

"난 이미 대답했소."

진생은 당당했다.

"그건 진 의원 생각이오. 난 진 의원을 보내줄 생각이 없소."

"비키시오."

진생은 홍대담의 팔을 뿌리치려 했다.

이 년 만에 검왕이 찾는다는 것은 그때보다 상태가 안 좋아졌음을 의미하는 것이다.

마음이 다급해졌다.

"죽영, 진 의원을 모셔."

부용이 기세를 드러내며 죽영에게 말한 후 홍대담의 앞으로 다가가 자세를 취했다.

그러자 부용의 움직임을 지켜보던 홍대담의 부하들이 정문을 막아서며 죽영과 진생을 포위하는 형태로 섰다.

"괜히 후회할 짓 하지 말고 좋은 말로 할 때 물러나라."

부용은 홍대담과 부하들을 곁눈질로 살펴봤다.

만만치 않은 자들이었다. 하나 지지 않을 자신은 있었다.

이런 식으로 실랑이 벌일 시간이 없었다.

검왕의 모옥에 용악이 누워 있었다.

그것으로 자하신공을 일으키기에 충분했다.

"후회? 그런 말도 있나?"

홍대담이 묵직한 목소리와 함께 피워낸 기세는 부용 못지 않았다.

'가만, 검은 도?'

부용의 눈에 홍대담과 부하들이 등에 매달고 있는 도가 들어왔다.

"그러고 보니 전부 검은색 묵도?"

부용은 '묵도'란 말에 유독 힘을 주었다.

"강호에서 묵도를 사용할 수 있는 곳은 오직 한 곳뿐이다."

"묵도인가?"

"이제 의원이 왜 우리를 따라가야 하는지 이해가 됐나?"

"흥! 웃기고 있어."

홍대담의 말이 끝나기 무섭게 부용의 콧방귀 뀌는 소리가 터졌다.

흑진주 같은 검은 눈동자에는 이미 붉은 기운이 감돌고 있었다.

"정군산 자락이 닿은 곳에서 묵도의 위세를 드러내겠다는 거냐?"

'정군산 자락? 묵도를… 가만 정군산? 이런! 정검련이구
나!'

지금까지 무표정하게 있던 홍대담의 눈에 놀람이 떠올랐
다.

"이제 가도 되겠지?"

부용이 홍대담의 말을 그대로 따라 했다.

순간, 홍대담은 화를 내기보다는 진생을 돌아봤다.

정검련에서 이토록 원하는 의원이라면 더욱 포기할 수 없
게 된 것이다.

홍대담의 머릿속이 빠르게 회전했다.

양쪽 모두가 진생의 도움을 받을 수 있는 방법이 있을 것
같았다.

"한 가지 약속을 해다오."

홍대담이 부용을 쳐다봤다.

"약속?"

"삼 일 안에 돌아온다면 보내주겠다."

"그건 내 마음대로 할 수 있는 약속이 아니야. 그냥 비키지
그래?"

"후후후. 그럼 진 의원은 물론 두 사람 역시 이곳을 벗어나
지 못한다. 우리 다섯을 상대할 자신이 있다면 뚫고 가."

홍대담이 단호하게 말하며 부용을 쳐다봤다.

부용은 정검련 영역에서 기세를 피우려 드는 홍대담을 기

가 막힌 눈으로 쳐다봤다.

그러나 홍대담의 표정은 조금도 변하지 않았다. 그만큼 진생에게 보여주려는 환자가 중요하고 심각한 상태라는 것을 의미했다.

"어쩔 수 없지."

부용은 더 이상의 대화가 무의미하다 여겼는지 염화금추를 꺼내 들었다.

그때, 진생이 나섰다.

"삼 일 안에 오겠소. 하나 그분의 상세에 따라 약속 여부는 달라진다는 것을 아시오. 그때는 그쪽도 인정을 하시오."

검왕의 몸에 이상이 있다는데 이런 식의 언쟁으로 기를 소모하고 싶지 않았다.

진생의 단호한 결정에 홍대담은 고민을 할 수밖에 없었다. 진생은 진심이었다.

'주군께서 삼 일을 버티실 수 있을까? 삼 일을 기다려서 고칠 수 있다면… 이곳에 데려와서라도 살려낸다.'

여기서 더 싸워봐야 두 목숨만 위태로웠다.

묵도의 무인으로서 과감한 결정이 필요했다.

"좋소. 우린 지금부터 이곳에서 삼 일을 기다리겠소. 부디 그동안 진료가 끝나길 바라오."

홍대담은 손을 들어 부하들을 불러들였다.

부용과 죽영은 진생의 양쪽 팔을 잡고서 빠르게 의원을 떠났다.

"너는 가서 주군의 상세를 보고 오너라. 이곳으로 모셔야 할지도 모르겠다."

홍대담이 보기에 진생은 죽어가는 환자를 못 본 척할 의원으로는 보이지 않았다. 이럴 때는 배수진을 칠 수밖에.

갈파랑 쪽에서 임중걸의 소식을 듣기 전에 치료하는 것은 이제 하늘에 맡길 일이었다.

第二章
검왕의 선택

천산마제

　진생은 정검련에 도착하자마자 검왕의 모옥으로 안내됐
다.

　"진생입니다."

　진생은 모옥 앞에서 큰절을 올린 후 조심스럽게 다가갔다.

　"들어오게."

　방 안에서 검왕의 허락이 떨어지자 진생은 방문을 열고 안
으로 들어갔다. 방 안에는 너무도 멀쩡한 검왕이 진생을 반겨
주었다.

　검왕의 앞에는 한 청년이 잠들어 있었다.

　"오늘은 이 사람 때문에 불렀네."

“…검왕께선 무사하십니까?”

“허허허. 난 괜찮네.”

진생은 검왕의 대답에 조급했던 마음이 가라앉는 것을 느꼈다. 그제야 청년을 살필 수 있었다. 용악에게 다가가 이곳 저곳을 만져 보았다.

일반적으론 맥을 짚는 것이 옳지만 검왕의 부탁이기에 한 번에 전체를 살필 수 있는 방법을 택한 것이다.

용악의 몸에서 손을 뗀 진생은 잠시 침묵했다.

“어떤가?”

“어떤 일이 있었는지 여쭤봐도 되겠습니까?”

진생은 애매한 표정으로 검왕을 돌아봤다.

“나와 비무 후에 혼절했네.”

“비, 비무! 검왕께선 지금 이 청년과 비무를 하셨다고 말씀하신 겁니까?”

진생이 믿기지 않는 눈으로 되물었다.

“일초였네. 다 내 잘못일세.”

“일초라면 어디까지…….”

진생은 차마 자세히는 묻지 못하고 조심스럽게 어느 정도의 싸움이었는지에 대해 물었다.

“천강을 사용했네.”

“……!”

진생은 해연히 놀라 눈만 껌뻑였다.

이름만 들었지 어떤 위력을 지녔는지는 알지 못하는 천강.

그것을 청년에게 펼쳤다고 검왕이 직접 말하고 있었다.

진생은 누워 있는 청년을 다시 쳐다봤다.

청년의 정체가 궁금해졌다.

검왕의 천강을 받고도 아직까지 살아 있다는 것이 신기했기 때문이다.

"혼자서 살펴봐도 되겠습니까?"

"물론이네. 화타의 후예인 의검을 믿지 않으면 누굴 믿을까."

"감사합니다."

진생은 화타의 후예라는 검왕의 말을 부정하지 않았다.

"의술로는 나보다 더 높이 닿아 있는 사람이 어찌 검까지 알려 하는가?"

"제가 침을 들고 사람을 구하는 것과 검왕께서 검을 들고 사람을 구하는 것이 무어가 다릅니까?"

"허허허. 자네가 침으로 구할 수 있는 사람이 만 명이라면, 검으로 구할 수 있는 몇이나 될까?"

"숫자는 중요하지 않습니다."

"허허허. 그럼 숫자가 중요하다 여겨질 때 다시 오게."

"예?"

"숫자가 중요하다 여겨질 때 다시 오면 내 친히 자네에게 검을 알려주겠네.”

“정말이십니까?”

“허허허. 자네가 홍을 내는 걸 보니 그건 아니군. 숫자가 중요하다고 여겨진 후에도 오지 말게.”

“예?”

“숫자에 집착하는 것은 순리에 역행하는 것이네. 의술을 익힌 자네는 자네대로, 검을 익힌 나는 나대로. 그렇게 흘러가는 것이 순리네. 왔으니 검을 잡는 법이나 배우고 가게.”

진생은 지금도 검을 잡을 때의 떨림을 잊지 못하고 있었다. 그 홍분된 감정이란 말로 표현하지 못할 감동이었다.

그 길로 정검련에 들어갔고 무려 십 년 가까이 오로지 검만 휘둘렀다. 그러다 학검을 지나 선검에 오르기 위해 비무를 하게 됐다.

비무 상대가 진생의 검에 상처를 입게 됐는데, 그때 진생이 취한 행동은 검을 버리고 침과 칼을 꺼낸 것이었다.

그때 검왕이 진생을 불렀고, 깨달음을 주었다.

진생의 길은 이미 정해져 있었음을.

의검이란 별호는 그때 지어졌다.

잠시 상념에 잠긴 진생의 눈에 용악이 꿈틀거리는 모습이 들어왔다.

진생의 손놀림이 빨라졌다.

이내 용악의 몸 왼쪽 전체에 침이 꽂혔다. 따로 처방을 하지 않은 것은 용악에게 큰 이상을 느끼지 못한 까닭이다.

용악은 너무 멀쩡해서 왜 치료를 해야 하는지 의문이 들 정도였으나, 검왕과 비무를 했다는 말을 듣고 더욱 세밀하게 진찰을 하게 된 것이다.

일각이 흐르고 반 시진을 지나 두 시진 가까이 지났을 때였다.

꿈틀.

용악의 의식과 무관하게 부풀어 오르는 부위가 있었다. 진생은 그곳으로 손을 옮겨 몇 번 두드렸다. 그리고는 조금의 망설임도 없이 칼로 그곳을 그었다.

툭.

찢어진 곳으로 검은 피가 솟구치며 진생의 얼굴에 튀었다. 하나 진생은 눈 하나 깜빡이지 않고 검은 피가 다 빠질 때까지 기다렸다가 봉합 후 또다시 기다렸다.

다시 한참이 흘렀을 때, 기다리던 곳이 아닌 엉뚱한 곳이 반응을 보였다.

'응?'

진생은 의아한 표정으로 봉합한 기문혈(期門穴) 부위를 쳐다봤다. 당연히 이어질 곳은 유문혈(幽門穴)이건만 엉뚱한 쇄골 근처의 결분혈(缺盆穴)이 반응을 보인 것이다.

일단은 조금 전과 마찬가지로 검은 피를 뽑아내고 빠르게 봉합을 마무리 지었다.

맥을 짚어봤다.

처음과 다름없이 그리 큰 변화는 느껴지지 않았다.

잠시 후, 진생은 밖으로 나왔다.

"어떤가?"

검왕이 다가와 물었다.

진생은 대답하기 곤란하단 표정을 지었다.

"안 좋은가?"

"그게 아니라… 저 청년의 몸은 멀쩡한데 의식이 깨어나길 거부하고 있습니다."

"그게 무슨 소린가?"

"처음엔 비무 때문에 경혈이 막혔다고 생각해서 막힌 혈에 자극을 주어 흐름을 원활하게 해주었습니다. 한데……."

"한데?"

"두 곳의 경혈을 뚫어주자 나머지 주요 경혈이 일제히 막혀 버렸습니다. 마치… 애초부터 막혀 있었던 것처럼 말입니다."

"허허, 의검, 무슨 말인지 알 수가 없네."

"제가 손을 써볼 수 있는 상태가 아닙니다. 검왕께선 저 청년이 고수라고 하지 않으셨습니까?"

"그랬지."

"고수의 몸에 칼이 닿았는데 튕겨내기는커녕 반탄력조차

없었습니다. 저 청년의 몸은 일반인과 조금도 다르지 않습니다. 적어도 피부는 그렇습니다."

"내가 도울 일은 없나?"

검왕은 진생의 말을 듣다 침중한 표정이 되었다.

"침으로 안 되니… 검왕께서 진기로 치료를 해보시면 어떨지요?"

"진기로? 그건 이미 해봤네. 소용이 없었네."

"해보셨다고요?"

진생의 눈에 갑자기 이채가 번뜩였다.

무언가 알아낸 것이 틀림없었다.

진생은 급히 검왕이 안으로 들어오길 청하고는 용악의 곁에 앉았다.

"진기를 제가 말씀드리는 경로로 보내보시겠습니까?"

"알겠네."

검왕은 곧바로 천강진기를 일으키며 진생의 말에 따라 진기를 유도했다. 한데 어찌 된 일인지 주요 경혈이 모두 막혔다는 진생의 말과 다르게 진기는 거침없이 용악의 몸을 휘돌았다.

"왔느냐?"

귀에 익은 노쇠한 목소리가 들렸다.

마음까지 푸근하게 감싸주는 목소리였다.

“몸은 왜 그리 엉망이 된 게야?”

흔한 회색 마의에 아무렇게나 상투를 튼 노인이 용악을 보며 물었다. 용악은 너무나 반가워 무작정 달려가 안겼다.

“이리 와서 눕거라.”

사부님은 다가간 용악을 보고 있지 않았다.

어?

용악이 뒤를 돌아보자 어린 소년이 전신을 상처투성이로 만들고 동굴 입구에 서 있었다.

나? 저건 나다…….

눈에 보이는 모든 것과 싸우던 어린 시절의 기억도 났다. 온몸을 상처투성이로 만들어 오는 것으로 반항을 대신했던 용악이 거기에 있었다.

“쉬어라.”

저 말씀이 나올 줄 알았다.

용악은 어린 자신의 모습을 보다 웃었다.

이리 와, 어차피 쓰러져 잘 거면서.

용악이 손짓을 하는 걸 봤는지 어린 용악이 동굴 중앙으로 비틀거리며 다가오더니 곧 쓰러졌다.

잠시 후, 널브러져 잠든 어린 용악의 곁으로 사부님이 나타나셨다.

“녀석, 잘하고 있구나. 그래야지, 그렇게라도 해야 견딜 수 있겠지…….”

사부님은 어린 용악의 전신을 주물러 주셨다.

아파서 끙끙대던 어린 용악은 서서히 편안한 자세가 됐다.

그 뒤로 같은 일이 반복됐다.

그리고 사부님이 눈에 띄게 말라 보였다.

"이제 헤어질 때로구나."

어린 용악의 키가 한 뼘 정도 자랐을 때 사부님이 주무르던 것을 멈추시며 탄식을 했다.

무슨 일이세요, 사부님?

들리지도 않을 공허한 질문이었다.

사부님은 더 이상 아무 말씀도 하지 않으시다 자리에서 일어나셨다.

마른 몸, 옅어진 미소, 하루가 다르게 늘어나던 주름.

그 모든 것엔 이유가 있었던 것이다.

용악의 눈이 붉어졌다.

"때가 됐다, 악아. 천산으로 가는 동안 반드시 벽을 열어야 한다. 그것을 열지 못하면… 힘들 게야. 천산의 정상에 자리를 잡거라. 할 수 있겠느냐, 악아?"

그때 용악은 대답하지 못했다.

사부님께서 용악의 어깨에 양손을 올려놓으시며 본신진기를 모두 전해주셨기 때문이다. 모두…….

"됐습니다."

진생의 말이 아니었어도 검왕은 손을 거둘 수밖에 없었다.

"흡!"

손을 떼어낸 검왕은 깜짝 놀란 신음을 흘렸다.

"왜 그러십니까?"

"지, 지금 이 사람이 내 진기를 끊었네."

검왕은 믿기지 않는다는 표정을 지었다. 마치 두툼한 장작을 탁자에 올렸다가 다시 내리려는데 아래쪽이 탁자와 하나가 된 것처럼 잘려 있었다? 그런 느낌이었다.

"예?"

"내가 보냈던 진기가 사라졌단 말일세."

검왕의 당혹스런 말에 진생은 곧장 용악의 몸에 침을 꽂았다. 검왕의 진기를 가져갔다면 그것은 아직 용악의 몸에 흐를 것이고, 그 진기를 끌어내려 한 것이다.

그러나 진생의 노력은 이내 수포로 돌아갔다.

용악의 몸이 또다시 침묵했기 때문이다.

"혹시 아까도 이런 현상이 있었습니까?"

"아닐세. 그때는 아예 받아들이지 않았네."

검왕이 고개를 젓자, 진생은 더욱 의아한 표정이 되고 말았다.

하루를 이렇게 보내고, 이틀째는 하루 종일 침과 씨름을, 삼 일째는 더 이상 방법이 없음을 깨닫게 됐다.

삼 일째 아침.

"부 교검이 검왕께 인사드립니다."

모옥 밖에서 부용의 공손한 목소리가 들려왔다.

검왕은 여전히 용악의 곁에 앉아 있었다.

"잠시 산을 내려갔다 와야 할 것 같습니다."

망설이던 진생이 조심스럽게 입을 열었다.

"산을?"

"스스로 깨어나기 전까지는 어떠한 외부의 압력도 소용없습니다. 며칠 다녀오는 동안 그리 큰 변화는 없을 거라 확신합니다."

"…알았네."

"금방 다녀오겠습니다."

진생은 검왕에게 절을 올리고 초췌한 얼굴로 방을 나섰다. 밖에는 부용이 신기한 눈으로 모옥 주위를 살피고 있었다.

날이 추운 데도 옷차림에 전혀 변화가 없는 열혈여인이었다.

"갑시다."

"부 교검, 이만 물러가겠습니다."

부용은 정중히 인사를 올리고는 재빨리 진생의 곁으로 다가갔다.

"그 사람은 멀쩡한가?"

부용은 대뜸 진생에게 물었다.

목소리가 무척 격앙되어 있었다.

"안 괜찮아?"

진생이 대답하지 않자 부용이 또다시 대답을 촉구했다.

"……."

"뭐라고 말 좀 해봐!"

부용은 끝내 참지 못하고 소리를 질렀다.

"삼 일 동안 잠 한숨 못 잤소. 잠시, 잠시만……."

진생은 손으로 귀를 막으며 비틀거렸다.

부용은 진생의 답답할 정도로 느린 대답이 끝날 때까지 몇 번이나 모옥 쪽을 돌아봤다.

"도대체 저 청년과 무슨 관계요?"

"과, 관계? 내가 저분과 무슨 관계라고… 아무 관계도 아니야!"

부용은 까무잡잡한 얼굴이 붉게 변할 정도로 소리를 지르고는 홱 돌아섰다.

"그런가요? 제 기억으로는 의원으로 제일 먼저 달려온 사람도 소저였고 오늘도 그렇고, 아무 관계도 아닌 사람치고는……."

"아무 관계도 아니라고!"

부용은 한마디라도 더 하면 한 대 칠 기세였다.

"…아, 알았소."

진생은 '윙윙' 거리는 소리에 정신을 차릴 수가 없었다. 정

신을 차리기 위해 한 말이 그를 더욱 정신없는 상황으로 만든
것이다.

　산 중턱에 이르자 죽영이 마련해 놓은 마차가 기다리고 있
었다. 셋은 곧바로 의원을 향해 움직였다.

　의원에 도착하자 홍대담이 부하들과 떠날 때 봤던 그 모습
그대로 앉아 있다가 일어났다.

　"갑시다."

　홍대담이 마차에서 아직 내리지도 않은 진생을 데리고 가
려 하자 부용이 막아섰다.

　"뭔가?"

　"진 의원은 삼 일 동안 잠도 거의 자지 못한 상태야. 조금
있다가 가라고."

　"그건 약속에 없었다."

　홍대담이 냉철한 목소리로 부용의 말을 끊었다.

　그러나 부용을 더욱 놀라게 한 것은 진생의 태도였다.

　"소저, 오래 걸리지 않을 테니 내가 돌아오는 즉시 떠날 준
비를 해주시오."

　"……!"

　부용은 깜짝 놀라 진생을 돌아봤다.

　보기엔 호리호리하니 약해 보이는 진생의 입에서 저런 말
이 나올 줄 몰랐기 때문이다.

“거, 걱정 마세요.”

부용은 그녀 자신도 모르게 존칭을 사용했다.

“역시 검왕께서 인정하신 분이군.”

오는 동안 한마디도 하지 않던 죽영이 진생을 향해 ‘분’ 이라고 칭했다.

“분?”

“오래전에 선검이었던 분이야. 선배시지. 더구나 의술만 가지고도 크게 이름을 떨치실 수 있는데, 정군산 자락을 떠나지 않으셨다고 하더라.”

“그, 그런 사실을 왜 진즉에 말하지 않았어? 여태까지 나는 그것도 모르고… 에라이, 이 멍충아!”

부용이 죽영을 때릴 것처럼 손을 올렸다.

“안절부절못하고 삼 일 내내 오르락내리락하던 사람이 이제 와서 내 탓을 해? 오히려 감사해야 하는 거 아니야?”

“뭐?”

“……”

“……”

당연히 더 이어져야 하는 두 사람의 대화가 끊겼다.

평소의 부용이라면 죽영에게 한바탕 퍼부었겠지만, 죽영의 분위기도 그렇고 상황도 좀 그랬다.

그런 부용을 바라보는 죽영의 얼굴에 씁쓸함이 감돌았다. 이렇게까지 말을 했는데도 모르는 무신경한 여자의 어디가 좋은지 몰랐다.

“따라갈까?”

부용이 갑자기 엉뚱한 말을 꺼냈다.

“안 돼.”

“저러다 진 의… 선배를 저들이 해치기라도 하면?”

결국은 또 용악에 대한 걱정이었다.

죽영은 어떻게 이럴 수 있는지 이해할 수가 없었다.

겨우 정군산까지 데려온 것 외에는 인연이 없던 사람이었
다.

검왕과 잘 아는 사이라는 것 외에는 특별히 매력적인 면도
보이지 않았다.

“그럴 리 없어. 우리가 돌아올 때까지 기다렸던 것만 봐도
알잖아.”

“그래도…….”

“진 선배가 걱정되는 거야, 그 사람이 걱정되는 거야?”

“뭐?”

“지금 누가 걱정되냐고.”

죽영이 부용을 빤히 처다봤다.

“…….”

부용은 바로 대답하지 못하고 몇 번이나 입술을 뗐다 닫았
다.

“됐다. 진 선배가 돌아올 때까지 좀 쉬자.”

“……”

죽영은 대답하지 못하는 부용을 보자 대답을 들은 것과 마찬가지인 기분이 들었다.

진생이 향한 곳은 동정호 근처의 한적한 폐가였다.

“홍 대장이다.”

홍대담이 허공에 대고 말했다.

그러자 진생이 전혀 느끼지 못했던 기척들이 사방에서 들려왔다. 그 수가 진생의 상상을 초월할 정도로 많았다.

“안에 계십니다. 지난 삼 일 동안 발작은 일으키시지 않았습니다. 들어가도 괜찮으실 겁니다.”

홍대담의 말투가 바뀌었다. 진생의 실력을 인정한다는 의미였다.

“발작이라니요?”

“명목상 주군께선 여행 중이십니다.”

홍대담은 대답 대신 엉뚱한 말을 꺼냈다.

“무슨 일이 있었는지 정확히 알려주셔야 치료가 가능합니다.”

“주군께서 여행 도중 갑자기 발작을 일으켰습니다. 무엇 때문인지는 알 수 없습니다.”

홍대담의 대답은 더 이상 이어지지 않았다.

기다려 봐야 얘기해 주지 않을 태세였기에 진생은 폐가 안으로 들어갔다.

폐가 안에는 마흔 가까이 되어 보이는 호협이 누워 있었다. 얼굴만 봐도 일반적인 신분이 아니란 것을 알게 해줄 만큼 뛰어난 용모였다.

진생은 다가가 호협의 맥을 짚었다.

'……!'

상상을 초월할 정도의 과도한 진기가 호협의 전신을 휘돌고 있었다. 진생은 곧바로 호협의 몸 이곳저곳에 침을 놓고 반응을 지켜봤다.

침은 놓자마자 촌각도 안 되어 호협의 몸에서 밀려 나왔다. 외부에서 안으로 침투하는 것을 용납하지 않겠다는 신호였다.

이런 경우는 한 가지밖에 없었다.

'이 사람은 자신의 진기를 전혀 다루지 못하고 있다.'

진기를 다루지 못하고 의지가 숨어버린 경우에나 볼 수 있는 현상이었다. 당연히 제어할 수가 없으니 자유로운 진기들이 분출될 곳을 찾아 몸에서 날뛰고 있는 것이다.

이 상태가 지속되면 결국 주화입마에 빠질 수밖에 없었다.

정군산 정상에서 의식을 잃은 채 누워 있는 용악과는 정반대되는 상황이었다.

진생은 오래되지 않아 폐가를 나왔다.

“치료가 가능하겠소?”

홍대담이 묵직한 목소리로 물었다.

“평상시였다면 불가능했을 겁니다.”

진생은 눈을 빛내며 머릿속으로는 누워 있는 호협을 치료할 수 있는 방법을 계속해서 찾았다.

“평상시였다면? 그게 무슨 말이오?”

“이분께선 내공을 높이기 위해 영약을 복용하셨더군요.”

진맥만 해봐도 알 수 있는 일이었다.

홍대담은 부정하지 않았다.

“영약의 효용이 도를 넘어섰습니다. 이는 음양과 무관한 그릇의 차이입니다.”

“그릇?”

“담을 그릇이 넘치는데도 계속 붓게 되면 어찌 되겠습니까? 저 호협께선 다행히 주위로 퍼지는 진기를 방치해 두셨습니다.”

“허면 치료가 가능하다는…….”

“가능할지도 모를 방법이 있습니다. 하나…….”

“……?”

“자신은 할 수 없습니다.”

진생은 솔직한 심정을 말했다.

폐가에 누워 있는 호협은 묵도의 임중걸이었다.

신분을 모르기에 이토록 쉽게 말을 할 수 있었다.

“저분은…….”

홍대담은 임중걸이 누군지를 알아야 진생이 최선을 다할 것이라 여기고 신분을 알려주려 했다.

“신분은 중요하지 않습니다.”

“……!”

“어찌하실지 결정을 내리는 것이 중요합니다.”

진생은 홍대담의 표정만 보고도 임중걸이 상당한 신분이란 걸 알 수 있었다. 하나 그런 것은 진생에겐 무의미했다. 듣게 되면 오히려 부담이 되기에.

“어떤 방법인지 알려주시오.”

홍대담에겐 더 이상 결정을 미룰 시간이 없었다.

진생은 홍대담이 이해하기 쉽게 자신의 생각을 들려주었다.

　　　　　*　　　　*　　　　*

검왕은 하루도 지나지 않아 부용과 죽영이 찾아오자 의아한 표정으로 진생을 찾았다.

“어찌 된 일인가? 의검은 어디 두고 두 사람만 온 게지?”

“진 선배가 이것을 보여 드리라고 했습니다.”

부용이 서찰을 내밀었다.

서찰 안에는 진생의 의견이 적혀 있었다.

　용악의 몸을 깨어나게 하기 위해서는 강력한 진기가 필요한데, 마침 그 힘을 가진 사람을 찾았다는 내용이었다.
　검왕의 도움을 받으려 했으나 이미 한 번 받아들인 힘에 얼마만큼의 효과가 있을지 확신할 수 없어 글에 적힌 방법을 선택하게 됐다고 적혀 있었다.

　…이곳의 환자는 진기의 폭주를 막아야 하고 모옥의 청년은 막대한 진기를 필요로 해서 상생작용으로… 가능성이 큽니다. 하나 만일의 경우, 두 사람 모두 위험해질 수 있으니 검왕께서 맡아주십사 부탁드립니다.

　간곡함이 담겨 있는 서찰이었다.
　서찰의 내용을 읽어 내려가던 검왕의 눈에 이채가 감돌았다.
　'이 사람을 깨울 정도의 힘이라고?'
　진생의 능력은 검왕만이 알고 있었다.
　그런 진생을 찾아왔다는 사람들의 정체가 궁금해졌다.
　"환자의 신분이 무엇이더냐?"
　검왕이 부용과 죽영을 돌아보며 물었다.
　그러자 두 사람은 검왕을 보며 어쩔 줄을 몰라 했다.
　진생이 다급히 의원으로 돌아와 서찰을 건네며 검왕께 전해달라는 말만 하고는 다시 되돌아갔기 때문이다.

“환자의 부하로 보이는 자가 말하길… 묵도라고 했습니다.”

“묵도? 도왕의?”

“그럴 것이라 여겨집니다.”

“도왕이라…….”

검왕은 진생이 왜 이런 부탁을 했는지 그제야 알 것 같았다. 도왕과 관련된 자라면 패도적인 무공을 가지고 있을 것이다.

“알겠다. 이 사람을 데려가도록 하게.”

검왕은 가벼운 손짓으로 용악을 두 사람에게 건넸다.

용악을 본 부용의 볼이 붉어졌다.

죽영은 부용의 그 모습에 앞으로 나와 용악을 안자마자 산을 내려갔다.

검왕은 두 사람이 움직이는 것을 지켜보다 훌쩍 신형을 날렸다.

죽영에게서 용악을 빼앗아 든 부용은 홍대담의 만류에도 불구하고 직접 폐가 안까지 들어가 용악을 조심스럽게 바닥에 내려놓았다.

앞으로 어떤 일이 벌어질지는 모르지만 위험할 것이란 생각이 들자 차마 돌아서질 못했다.

“됐소, 소저. 이제 멀리 피하시오.”

진생이 망설이는 부용에게 단호하게 말했다.

부용의 용악에 대한 감정보다는 치료가 우선이었다.

"예?"

"곧 이곳에 큰일이 생길 테니 소저는 최대한 멀리 피해야 하오."

진생은 긴장한 표정이 역력했다.

사실 임중걸과 용악만 놓아두는 것은 일종의 모험이었다. 그만큼 임중걸의 기운은 곧 터지기 일보 직전의 활화산 같았다.

진생은 밖으로 나와 고개를 끄덕였다.

그러자 홍대담은 부하들에게 신호를 보낸 후 가장 나중에 몸을 피했다.

도기를 실처럼 엮는 것이 가능한 홍대담조차도 임중걸의 폭주는 무서운 기억으로 남아 있었다.

임중걸은 폭주를 막기 위해 스스로 몸에 점혈을 가했다. 그렇지 않았다면 큰 혈겁이 벌어졌을지도 몰랐다.

'시간이 다 되어간다.'

진생은 하늘을 보며 시간을 쟀다.

이곳 어디에선가 검왕이 지켜보고 있을 것이다.

*   *   *

임중걸은 도왕의 제자로서 자부심이 대단했다.

도왕의 진전을 이어 천하제일도가 되는 것이 그의 목표였다. 그러다 보니 경쟁자인 갈파랑과의 암투는 해가 지날수록 치열해졌고, 자연스럽게 임중걸을 추종하는 세력과 갈파랑을 추종하는 세력으로 나뉘었다.

도왕은 이 모든 것을 알고 있으면서도 모른 척했다. 아니, 둘의 싸움을 말리기는커녕 오히려 부추겼고, 매 싸움에서 승리하는 제자를 가까이 두었다.

임중걸이 묵도를 떠나 동정호에서 만년설련실을 복용한 것도 그 때문이었다. 다음 달에 있을 갈파랑과의 대결에서 이기기 위해서는 다른 방법이 없었다.

도왕의 묵월천앙도(墨月天殃刀)는 모두 삼 초식으로 구성된 지독히 패도적인 도법이었다.

일초식 묵월은 펼치는 순간 하늘에 검은 달이 떠오르는 착각이 들게 하고, 이초식 만월(滿月)은 그 검은 달빛이 닿는 모든 것을 파괴하며, 마지막 삼초식 천앙(天殃)은 펼치는 순간 모든 것이 재앙이 된다.

임중걸과 갈파랑은 벌써 십여 년째 이초식에서 더 이상 진전이 없었다. 묵월천앙도 삼초식으로 넘어가야 하는데 아직도 이초식에 머물러 있는 것이다.

임중걸이 만년설련실을 복용했듯 갈파랑은 다른 방법을 동원해 삼초식을 익히려 들 것이다.

그전에 임중걸은 먼저 삼초식을 펼치고 싶었다.

그러나 결과가 좋지 않았다.

만년설련실의 기운이 단전을 가득 채울 때는 만월을 마음대로 펼칠 수 있다는 기대에 들떴다. 하나 그것도 잠시, 한 번 용해된 만년설련실의 기운은 끝도 없이 단전을 채웠다.

결국 제어가 불가능한 상황까지 치달았고 임중걸은 신체의 기능을 정지시켜 놓고 숨어버렸다. 이런 상황에서 누군가가 임중걸을 건드린다면 아직도 넘치고 있는 만년설련실의 기운이 폭발하고 말 것이다.

그런데 지금 그 누군가가 임중걸의 곁에 있었다.

끓어오르는 살심은 이성으로 제어할 수 있는 수준이 아니었다.

'아, 안 돼! 홍 대장, 어서 데려가!'

임중걸은 의지로만 소리쳤다.

몸의 금제를 푸는 순간 어떤 일이 벌어질지 잘 아는 까닭이다.

단전은 무형의 기를 담아두는 곳이라 할 수 있다. 기는 형태를 지니고 있지 않으니 단전을 지니고 있는 사람의 몸 전체로 퍼지는 것은 당연하다. 물론 영역 안에 한 사람만이 존재한다면.

조금 전까지는 임중걸의 안에서만 자유롭던 만년설련실의 기가 새로운 영역에 닿았다.

'두, 둘 다 위험하다!'

임중걸의 주화입마를 피하기 위한 노력이 물거품이 되는 순간이었다.

툭.

'……!'

임중걸 스스로 막아놓은 혈이 풀렸다.

의지를 벗어난 힘이 일제히 팔 쪽으로 몰려갔다.

불끈! 일어난 힘은 곧 전신을 휘돌며 신체에 자유를 주었다.

의지가 사라진 신체의 주인.

힘을 가졌다는 쾌감이 곧 주인이 될 수밖에 없었다.

'안 돼!'

주화입마는 병이 아니다.

정신을 고도로 집중하여 신기합일에 이르렀을 때 운공을 방해하는 말이나 사념이 끼어들어 생긴다.

이때 정상적인 흐름을 유지해야 하는데, 그렇지 못하면 진기는 흐름을 벗어나 경기 혹은 경락 속에 흩어지게 된다.

이럴 때는 운기를 멈추고 마음을 다스려야 한다.

그러나 잘못을 모르고 운기를 계속하게 되면 마경(魔境)으로 진입할 수밖에 없다. 이 상태를 가리켜 주화입마라 하는 것이다.

지금 임중걸은 몸을 움직이면 안 되는 상태였다.

만약 움직이게 된다면 그 순간 주화입마에 빠지기 때문이다.

임중걸의 몸에 있던 진기들이 공격할 대상을 찾았는데 가만히 있을 리 없었다.

"우오오오오!"

임중걸은 자신의 의지와 무관한 외침을 터뜨리며 일어났다.

임중걸의 전신으로 아지랑이가 연신 피어났다.

넘실대는 아지랑이는 곧바로 바닥에 누워 있는 용악에게로 향했다.

그러나 하나하나가 엄청난 경력을 지니고 있는 아지랑이들은 용악의 몸에 닿기 무섭게 사라졌다.

더 많은 힘이 가해졌지만 결과는 마찬가지였다.

그러자 임중걸의 전신에 살기가 흘러넘쳤다. 의지와는 무관한 상태였으나, 살기를 어떻게 하면 폭발시킬지 임중걸의 몸은 기억을 하고 있었다.

드드등—!

묵월천앙도 이초식 만월.

폐가 전체가 묵기(墨氣)로 가득해졌고, 묵기에 닿은 폐가의 천장과 벽은 이내 진동하다 터져 나갔다.

츠르르!

임중걸이 뿜어내는 묵기가 서서히 도의 형태를 갖추었다.

기로 만든 묵도.

임중걸이 만들어낸 도(刀)는 그 자체가 도강(刀罡)이었다.

묵도의 기운은 사방으로 줄기줄기 뻗어갔다.

"안 돼……."

부용은 자하신공을 운기하며 염화금추를 빼어 들려 했다. 그때, 부용의 어깨에 두툼한 손이 올려지며 자하신공을 흩뜨렸다.

"지금 진기를 일으키면 주군의 표적이 된다."

홍대담이 묵월신공으로 부용의 자하신공을 누른 것이다.

"차라리 그 편이 낫다. 저 괴물을 막지 않으면……."

"소저, 저분 말이 맞소. 주화입마에 빠지게 되면 의식과 무관하게 진기가 다 소모될 때까지 본능에 의해서만 움직이게 되오."

진생이 홍대담의 행동을 설명해 주었다.

"본능……."

"의식과 몸이 분리된… 소저가 기세를 일으키면 표적이 될 수도 있소. 진기를 가라앉히고 지켜보는 것이 나을 듯싶소."

진생의 설명을 듣고서야 부용은 진기를 가라앉혔다. 뻔히 눈을 뜨고 용악이 죽어가는 것을 지켜봐야 할지도 모르지만, 고집을 부린다고 해서 나아질 것은 없어 보였다.

"진 선배만 믿어요."

임중걸이 도를 올리는 모습이 보였다.

"진 의원, 저 청년을 죽인 다음엔 우리라는 것을 알고 있소? 그리고 그다음도?"

"알고 있소. 하나 그런 일은 일어나지 않을 것이오. 내 판단은 지금껏 틀려본 적이 없소."

진생은 폐가 쪽을 보고 있었다.

홍대담이 무엇을 걱정하는지 모를 리 없었다.

임중걸이 저 상태로 세상에 나가게 된다면 강호에는 재앙이 닥칠 것이다.

'검왕의 천강을 받고도 멀쩡한 사람이 저자의 힘을 받지 못한다는 건 말이 되질 않는다.'

그때, 진생의 생각이 끊겼다.

꾸ー 웅ー!

임중걸의 묵도가 용악의 심장 부위에 꽂히려 할 때, 용악의 양손에서 처음으로 변화가 일어났다.

천마수가 실핏줄이 드러날 정도로 투명해졌다.

빠르게 심장까지 번진 투명한 기운이 불룩, 일어나며 묵도의 형상을 한 도강을 막아냈다.

용악이 의식적으로 만든 상황은 아니었다. 투명한 막이 묵도에 의해 뚫리면 또다시 막이 일어났고 또 일어났다. 결국 심장에 거의 닿을 때쯤에는 옅은 회색빛 막이 되어 있었다.

그에 따라 묵도의 형상을 한 강기의 색에도 변화가 일어났다. 묵빛에서 짙은 회색빛으로 변화된 것이다.

서서히 용악의 눈이 떠졌다.

지금 몸에서 일어나고 있는 현상은 용악의 의지와는 무관했다.

'사부님이 아니고… 천마수, 너였느냐?'

용악은 사부님의 꿈을 꾸다 깨어났다고 여겼다.

검왕의 진기가 몸속으로 들어오는 순간 잠시 꾸었던 꿈이 멈춰 있다 지금에서야 이어진 까닭이다.

심장 근처… 사투가 벌어지고 있었다.

용악의 의지와는 무관한 싸움이었다.

검왕의 천강을 견디지 못하고 마지막 벽이 깨질 때, 천마수가 용악으로부터 흡수했던 기운을 모조리 토해냈다.

용악이 천강을 밀어내자, 천마수는 곧바로 토해낸 힘을 회수하기 위해 용악의 몸에 남아 있던 진기를 흡수했던 것이다.

임중걸이 공격하지 않았다면 천마수는 반응하지 않았을 테고, 용악 또한 아직까지 혼절 상태로 있었을지도 몰랐다.

천마수의 반응으로 임중걸의 묵도를 막았고 그 와중에 닫혀 있던 경혈들이 열렸다.

'뭐지, 이자는? 눈이 풀렸군.'

임중걸의 눈은 뭔가 이상했다.

전력으로 묵도를 내리누르고 있으면서 눈은 전혀 엉뚱한 곳을 보고 있었다.

상대방의 반응 따위는 신경 쓸 필요 없다는 것일까?

용악은 임중걸의 도강이 뿜어대는 위력에 놀랐지만 한편으로는 임중걸이 왜 이토록 단조로운 공격을 고집하는지 이해하기 힘들었다.

도강이라고는 해도 그것 역시 기의 응집체였다.

검왕은 진생이 오기 전과 오고 난 후, 두 번에 걸쳐 용악에게 진기를 넣어주었다. 경혈이 막힌 상태에서 검왕의 진기를 받아들인 것은 모두 천마수 때문이다.

천마수에 흡수됐던 그 힘이 지금 임중걸의 묵도를 막아내고 있는 것이다.

임중걸은, 아니, 임중걸의 의지를 지배하고 있는 자아는 용악이 뜻대로 죽어주지 않자 더욱 마성을 드러냈다.

"크오오오!"

콰콰콰콰ㅡ!

죽이려는 기운과 막으려는 기운의 충돌은 폐가를 거쳐 사방으로 퍼졌다.

땅거죽이 사방으로 쭉 밀려나며 이십여 장에 가까운 땅을 잘 접어놓은 비단 천 모양으로 만들었다.

폐가에서 오십여 장 떨어진 나무 위.

검왕이 폐가를 주시하며 고민에 빠져 있었다.

임중걸이 뿜어내는 기운이 강하기는 해도 지금이라면 용

악을 구해낼 수 있었다. 진생의 부탁만 아니었어도 벌써 움직이고도 남았다.

'저 불규칙하고 사나운 기운이 어찌 마제를 깨운다는 겐가, 의검? 허허. 이대로 보고만 있자니 답답하구나.'

검왕은 심공을 운용해 최대한 마음을 가라앉히면서도 몇 번이고 진생을 쳐다봤다.

그러나 진생은 폐가 안을 노려본 채 아무런 행동도 취하지 않고 있었다.

그때였다.

'응?'

검왕의 눈썹이 꿈틀거렸다.

불규칙하고 거세기만 하던 기운이 갑자기 잦아들었기 때문이다.

용악은 묵빛 강기를 막아내는 심장의 회색빛 벽을 쳐다보고 있었다. 천마수의 지원을 받아 용악의 몸이 알아서 만들어 낸 벽이었다.

'어째서 지금까지 이걸 몰랐지?'

안다고 해서 사용할 수 있는 진기가 아니란 것을 알면서도 신기해했다. 더욱 신기한 것은, 임중걸의 무지막지한 진기가 용악의 심장을 향해 쏟아지는 데도 용악은 오히려 안정감을 느끼고 있다는 것이다.

임중걸과의 충돌로 인해 소모됐어야 하는 진기가 오히려 단전에 쌓이고 있는 느낌이라고 해야 할까?

용악은 이 순간이 기회라는 것을 알고 있었으나, 천마수에서 심장까지 연결된 경로 때문에 일흡의 무공을 운용하지 못했다.

'천마수는 이미 나와 한 몸이 되어 있다. 지금 이 현상도 혹시 무의식 상태에서 내가 만들어낸 방어가 아닐까?'

문득 떠오른 생각이었으나 충분히 일리있다고 여겼다. 생각은 곧장 실천으로 옮겨졌다.

지금까지 한 번도 시도해 보지 않은 방법이지만, 그렇다고 천마수의 진기가 바닥날 때까지 기다릴 수도 없었다.

먼저 천마수의 진기와 용악의 단전에 쌓이고 있는 진기를 묶어야 했다. 그러기 위해서는 한 가지 수법 외엔 없었다.

'일흡 무궁이라면!'

용악이 일흡 무궁을 떠올리는 순간, 용악의 몸에서 기이한 소리가 일었다.

툭. 툭.

연속해서 두 번.

머릿속으로 전해진 음향.

'어?'

용악은 두 눈을 동그랗게 떴다.

시원했다. 일흡 무궁을 펼치면서 조심스러워하던 두 곳의 혈이 열렸기 때문이다.

십천좌들과의 싸움에서 입은 어깨와 복부의 상처.

일홉 만벽을 일으키기 위해서는 반드시 뚫려야 했던 곳이 시원해졌다. 또한 우려했던 천마수와 용악의 본신진기의 충돌도 없었다.

천마수에서 심장까지 연결된 흐름에 다가간 진기가 오히려 흐름에 달라붙어 더욱 견고하게 만들었고, 그리고 나서야 용악의 본신진기가 전신으로 퍼지기 시작했다.

임중걸의 묵도는 천마수가 만들어낸 벽을 뚫지 못하고 진기를 버리고 있었다. 용악은 그것을 가져오고 싶었다.

불쑥, 용악은 임중걸의 도강에 양손을 댔다.

'일홉 무궁!'

이번엔 용악의 내부가 아닌 외부로 쏟아낸 일홉 무궁이었다. 묵도에서 버려지는 진기를 엮어 그것을 재흡수하려는 의도였다.

'반드시 된다!'

용악은 묵도에서 버려지는 진기를 흡수할 수 있다고 확신했다.

꾸뜨— 응— 콰콰콰!

용악의 양손에 모인 진기와 임중걸의 도강이 부딪치며 엄청난 기의 파장을 만들어냈다.

뒤쪽에서 지켜보던 사람들은 재빨리 물러서며 자신들이

일으킬 수 있는 최대한의 진기로 벽을 만들어 올리기 시작했
다.

그러나 다음 순간, 그들의 노력은 무의미해졌다.

쭉 퍼져 나가던 빛무리가 그들과 부딪치기 전에 서서히 줄
어들었기 때문이다.

그것은 두꺼비가 한껏 바람을 들이마셨다가 원래대로 돌
아가는 형태와 비슷했다. 거대해졌던 빛무리가 두 사람이 있
는 곳으로 빨려 들어간 까닭이다.

한 사람은 서 있었고, 한 사람은 여전히 누워 있었다.

"주군!"

멀리서 홍대담이 격앙된 목소리로 임중걸을 불렀다.

임중걸은 꼼짝하지 않았다.

"괜찮으십니까, 주군?"

홍대담이 한 발을 앞으로 내디디며 다시 불렀다.

"…홍 대장, 난 괜찮다."

임중걸은 손을 들어 홍대담의 발길을 막았지만 시선은 용
악에게서 떨어지지 않았다.

"……."

용악 역시 임중걸을 보고 있었다.

"자넨 누구지?"

많은 의문을 담은 한마디였다.

임중걸은 폭주하는 힘이 어느 한순간 빠져나가는 것을 느

끼며 서서히 숨어 있던 곳에서 나왔다.

그리고 양손을 올린 채 누워 있는 청년을 보게 됐다.

임중걸이 의지를 되찾는 순간, 청년은 더 이상 그의 힘을 흡수하지 않았다.

"용악."

용악은 짧게 대답을 해주고는 상체를 일으켰다.

어깨와 단전을 두어 번 두드린 후 말끔한 표정으로 웃었다.

"아⋯⋯."

"아!"

진생은 자신의 예상이 옳았다는 것에 안도의 한숨을 내쉬었고, 부용은 걸어오는 용악의 모습에 탄성을 터뜨렸다.

대장간에서 처음 만났을 때의 그 모습 그대로였다.

겨우 보름 남짓 배운 검으로 북호검과 팽팽하게 싸울 때의 그 모습이었고, 검왕과 나란히 서서 시선을 주고받을 때의 그 모습이었다.

지금 부용의 눈에는 다른 어떤 것도 보이지 않았다.

그토록 그녀를 걱정시킨 남자가 다가오고 있었기 때문이다.

'어떻게 해야 하지? 다, 달려가야 하나? 아니면 어, 어떻게⋯ 어?'

부용의 고민을 단번에 날려 버린 사람이 있었다.

무지막지한 기세를 드러내며 폐가 한쪽에 아무렇게나 놓여 있던 묵도를 끌어당긴 사람이.

임중걸은 묵도를 잡자마자 검은 안개를 일으켰고, 그 안개를 그대로 용악에게 뿌렸다.

힐끔.

용악은 다가오는 검은 안개를 슬쩍 쳐다보다 손을 들어 올렸다.

심장이 뜨거워지며 무슨 공격을 해야 할지 정할 새도 없이 기운이 손을 통해 빠져나갔다.

크아아앙―!

거대한 사자가 포효라도 하는 것처럼 용악의 손이 울었다. 그리고는 괴성과 함께 수십 개의 수영이 검은 안개를 향해 뻗어갔다.

"처, 천마십이수!"

뒤쪽에서 지켜보던 홍대담이 소리쳤다.

임중걸은 흥미롭다는 눈으로 날아오는 수영들을 향해 묵도를 흔들었다. 검은 기운에 휘감긴 수영들은 이내 터져 나갔다.

쾅!

충돌은 여러 번에 걸쳐 있었으나 폭음은 한 번으로 그쳤다. 일시에 수영들을 처리한 것이다.

"천마십이수? 이상하군, 혈교가 무너진 이래 한 번도 운 적

없다던 천마십이수가 울다니.”

임중걸은 의아한 표정으로 멈춰 선 용악에게 물었다.

“천마십이수?”

용악은 오히려 반문했다.

사실 천마십이수가 뻗어나갈 때 가장 놀란 사람은 용악 자신이었다. 몸속을 휘도는 기운 중 일부를 급히 내보낸 것뿐인데 그것이 형식을 지닐 줄은 몰랐기 때문이다.

“천마십이수를 모르는 건가?”

“전혀.”

“그럼 내가 잘못 본 모양이군.”

“주군, 저 무공은……”

홍대담이 대화에 끼어들려 했으나 임중걸이 손을 들어 말을 멈추게 했다.

“하긴, 혈마의 무공치고는 지나칠 정도로 마기가 느껴지질 않았어.”

마기가 느껴졌다고 해도 임중걸은 이 순간의 기회를 놓칠 수 없었다.

이초식 만월이 완성되기 위해서는 삼초식 천앙의 초반부까지 가야 하는데, 그러기 위해서는 받아줄 대상이 필요했다.

현재 만월과 천앙을 받아낼 사람은 도왕을 제외하고는 경쟁자인 갈파랑밖에 없었다. 하나 갈파랑과 싸울 때는 쉽게 사용하기 힘들었다. 자칫하면 목숨을 잃을 수 있는 상황에서 자

신없는 무공을 사용하는 것은 자살행위나 다름없는 까닭이
다.

　용악이라면 가능할 것 같았다.

　현재의 몸 상태는 오히려 만년설련실을 복용하기 전보다
좋아져 있었다. 아니, 좋아졌음을 느낄 수 있었다. 용악을 공
격할 때 천앙까지 사용했다. 형식은 달라도 쏟아내는 힘은 똑
같았다.

　그것을 알기에 사용하려는 것이다.

　용악의 정체는 그다음이었다. 아니, 용악이 어떤 신분이라
도 지금은 보낼 수 없었다.

　또 한 가지. 용악은 누운 상태에서 임중걸을 상대로 힘까지
조절하는 여유를 보였다. 불리한 상태에서 오히려 임중걸보
다 훨씬 우위를 점하고 있다는 착각을 심어주었다.

　이대로 떠나보낼 수는 없었다.

　임중걸의 폭주하던 힘이 안정되자 용악은 거짓말처럼 진
기를 끊었다.

　진기가 엿가락이라도 되는 것처럼 '뚝' 끊은 것이다.

　고수, 그것도 만월에 이어 천앙까지 펼쳐도 승부를 내기 힘
들게 느껴지는 고수였다.

　"빚진 걸로 하고 받아주지."

　용악이 '픽' 웃으며 뜬금없이 입을 열었다.

　'꿰뚫어 보고 있다!'

임중걸은 자신도 모르게 마른침을 삼켰다.

용악의 시선이 임중걸의 마음속을 꿰뚫는 것처럼 느껴진 탓이다. 그래도 포기할 수는 없었다.

"두 초식일세. 초식명은 만월과 천앙이라고 하지."

"이름은 그럴듯하군."

"후후……."

용악의 대답에 임중걸은 툴썩, 웃으며 갑자기 하늘을 올려다봤다. 지금까지 살아오면서 재능에 대한 불신을 한 번도 가져 본 적이 없는 그였다.

오직 한 명, 갈파랑만이 비교 대상이었다.

그런 그의 삶을 단 몇 마디로 훌렁 벗겨 버린 청년이 눈앞에 있었다. 정말이지 그를 이렇게 타오르게 한 사람은 없었다.

임중걸은 죽음의 강에서 조금 전에 되돌아온 사람답지 않게 타올랐다.

묵빛 아지랑이가 임중걸의 전신을 감싸기 시작했다.

겉은 평온한데 안으로는 촘촘하고 촘촘해져 더 이상 단단할 수 없는 상태.

'설마… 주군께서!'

지켜보던 홍대담은 입을 쩍 벌리고 쳐다봤다.

임중걸을 그동안 모셔왔지만 저런 식의 느낌은 처음이었다. 언제나 패도만을 위해서 살아온 임중걸의 전신에 부드러움이 감돌고 있는 것이다.

임중걸은 마음을 비우자 손에 들고 있는 묵도가 무의미하게 여겨졌다.

묵도의 끝부분에 환한 빛 봉우리가 맺혔다.

저것이 강환(罡環)이란 것은 굳이 확인하지 않아도 알 수 있었다.

"빛은 갚았고, 이젠 빚을 지울 차례군."

용악은 임중걸의 변화를 지켜보다 이채를 발하고는 이마를 긁적였다.

임중걸의 변화가 눈에 보인 것이다.

이전의 용악이었다면 강환의 전개를 지켜볼 용의가 있었겠지만, 굳이 저 힘을 뽑아내도록 두고 싶지 않았다. 임중걸의 몸은 아직 제자리를 찾지 못하고 있었다. 이럴 때는 몸부터 추스르는 것이 최선이었다.

용악의 입가에 미소가 어린다 싶은 순간, 자리에서 사라졌다.

턱.

둔탁한, 기가 실리지 않은 육장의 부딪침.

벼락같이 다가온 용악의 손을 임중걸은 부지불식간에 손을 들어 막았다. 도를 쥔 손이 아니라 왼손이었다.

"다음에 좀 더 나아지면 보자고."

"……?"

“몸속이 충만하다고 느껴지나? 그건 가짜야, 진짜를 만드는 것부터 하지 못하면 소용없는. 잊지 말라고, 이건 내게 빚진 거니까.”

용악은 꼼짝 못하는 임중걸을 진지하게 바라봤다.

임중걸은 용악의 손이 왼손에 닿는 순간부터 입조차 꼼짝할 수 없었다. 이화유능제에 의해 끊어진 진기를 도저히 잇지 못하고 있는 것이다.

‘내가 내 몸을 마음대로 조종할 수 없다니, 이건 말이 안 된다!’

임중걸은 억지로 용악의 손을 뿌리치려 했다.

그러나 그럴수록 무력감에 점점 힘이 빠져갔다.

용악은 그때를 놓치지 않고 곧장 일흡 무궁을 임중걸의 몸에 넣었다가 흡수하려 했다. 하나 임중걸의 힘이 빠져나오기 직전에 멈추는 것도 잊지 않았다.

“……”

임중걸은 자신의 의지와 무관하게 휘도는 진기에 할 말을 잃었다.

용악은 쓰러지는 임중걸을 받아주었다.

“무, 무슨……”

“이화유능제.”

풋.

임중걸은 그렇게 웃고 싶었던 모양이다.

용악은 쓰러지는 임중걸을 메고서 홍대담에게 건넸다.

두 사람 사이에 무슨 일이 있었는지 전혀 모르는 홍대담은 어떻게 대처해야 할지 판단을 내리지 못했다.

"괜… 찮아요?"

부용이 조심스럽게 다가와 물었다.

용악은 갑자기 존댓말을 하는 부용을 신기하다는 눈으로 쳐다봤다.

"어디 계셔?"

용악이 대뜸 물었다.

"예?"

"와 계실 것 아니야?"

"누구……."

용악이 자꾸만 엉뚱한 소릴 하자 부용은 흑진주 같은 눈을 끔뻑이기만 할 뿐 대답하지 못했다.

"산으로 돌아가셨을 겁니다."

진생이 웃으며 대신 대답해 주었다.

용악은 진생을 찬찬히 바라봤다.

용악이 누구를 찾고 있는지 안다면 보통 사람은 아니어야 했다. 하나 진생의 몸에는 미미한 기운만이 느껴질 뿐 뛰어나 보이진 않았다.

"당신이 나를 이곳에 데려온 사람인가?"

"의원입니다."

“의원?”

“그분께서…….”

“신세졌군.”

“……!”

신세를 졌다는 말에 진생의 몸이 움찔거렸다.

지금껏 무수히 많이 듣던 말이 용악에게서 나오자, 진생은 뿌듯해짐을 느꼈다.

‘이 사람…….’

검왕의 앞에라도 선 것인가?

진생은 괜히 어려워졌다.

그때였다.

“잠깐 기다리… 시오.”

홍대담이 용악을 부르다 눈이 마주치자 자신도 모르게 말투를 바꾸었다.

“뭐지?”

“…주군을 구해줘서 고맙소.”

홍대담은 어렵게 말을 꺼냈다.

“나라도 그랬을 테니 신경 쓸 것 없다.”

“조심해야 할 거요.”

돌아서는 용악을 홍대담이 다시 돌려세웠다.

“조심?”

“도왕께서… 찾으실 거요.”

홍대담은 이를 악물며 말을 마쳤다.

용악을 대하는 것이 어려웠다. 말을 마친 지금, 입 안이 자꾸만 말라갔다. 그만큼 긴장하고 있다는 것의 반증이었다.

이십여 년 전 도왕 앞에서 벌벌 떨던 애송이라도 된 것일까?

홍대담은 부정하려 용악을 응시했으나 용악의 시선이 닿자 저절로 시선을 떨어뜨릴 수밖에 없었다.

"그러지."

"……."

용악의 짧은 대답에 홍대담은 멍청해지고 말았다.

그가 생각하기에 도왕의 이름을 듣고도 태연할 수 있을 사람은 현 강호에 검왕과 권왕 외엔 없었다.

부하들이 임중걸을 부축해 움직일 준비를 끝낸 후에도 홍대담의 시선은 사라지는 용악의 등에 머물러 있었다.

第三章
특별한 존재들

천산마제

섬서성 서안의 중심지에서 백여 리 떨어진 주루.

여인은 만지면 부서질 것 같은 투명한 피부에 눈부신 백의를 입고 있었다.

주루에 들어온 지 한 시진이 될 때 음식을 시켰고, 그 음식이 지금 나왔다.

"주, 주문하신 음식이 나왔습니다."

점소이는 여인이 주루로 들어설 때부터 이성이 마비되어 쿵쾅대는 심장을 다독여야 했다.

주방에서 음식이 나오자마자 최대한 빨리 여인에게 가져가기 위해 무작정 달렸다. 하나 서두르면 항상 뒤따르는 것은 사고였다.

여인의 탁자까지 왔다가 멈추지 못해 소면을 쏟고 말았다. 점소이는 사색이 되어 잡으려 했으나 이미 소면은 국물과 함께 여인의 몸을 향해 돌진했다.

"으아… 헉!"

점소이는 비명을 지르다 입을 닫았다.

소면의 국물이 여인을 향해 쏟아지다 허공에서 얼어버렸기 때문이다.

"소면은 다시 가져오고 나머진 조심해서 내려놔."

여인의 말이 끝나자 허공에서 얼어버렸던 소면 국물과 그릇이 그대로 바닥에 떨어졌다.

여인은 강호고수였다.

점소이는 최대한 조심스럽게 나머지 요리를 내려놓고는 부리나케 주방으로 도망갔다.

여인은 차려진 음식에 젓가락을 조금씩 대고는 이내 입을 닦았다.

"언제까지 지켜볼 생각이죠, 부절?"

주루 안에는 아무도 없었다.

그러나 여인의 말이 끝나기 무섭게 맞은편에 한 노인이 나타났다.

"그동안 더욱 아름다워지셨소, 빙절."

외혁우였다.

“할 말부터.”

“허허허. 급한 건 여전하구려. 보자고 한 지 불과 보름도 안 되어 오시다니. 알겠소, 본론부터 꺼내리다. 빙절께서 태산으로 가줄 일이 생겼소.”

“태산?”

빙절이라 불린 여인은 의외라는 눈으로 외혁우를 쳐다봤다. 처음부터 태산으로 가라고 했으면 섬서성을 거치지 않아도 됐기 때문이다.

“십인회에서 내린 결정이오.”

“쉬운 곳을 내게 맡기기로 했나요?”

빙절의 목소리가 처음보다 훨씬 차가워졌다.

“그럴 리가 있겠소. 얼마 전 태산에서 파천마궁의 일곱 호법이 죽었소.”

“파천마궁?”

이번엔 다른 의미의 의아한 표정이 빙절의 얼굴에 떠올랐다.

“꽤나 이용할 만한 자들이었는데… 모두 죽어버렸소.”

외혁우가 혀를 차며 대답했다.

무척 아깝다는 뜻이 외혁우의 얼굴에 담겨 있었다.

“아깝다? 부절께서 공들였던 자들인가요?”

“허허허. 제자로 하여금 파천마궁을 잇게 하려던 중이었소.”

"그렇군요. 누군가요?"

누가 방해를 했느냐는 질문이었다.

"누가 아니라 세가요. 황보세가."

"황보세가? 그런 곳도 있었나요?"

빙절은 고개를 갸웃거렸다.

그럴 수 있었다. 대막은, 빙절이 온 곳은 그만큼 먼 곳이었다.

"십이대세가라고 불리는 곳 중 하나요. 그자만 없었어도 신경 쓸 만한 곳은 아니었소."

"그?"

"황보세가를 십이대세가의 중심으로 만든 자요. 빙절도 그의 이름은 한 번쯤 들어본 적이 있을 거요. 장제 헌원경."

"장제… 당연히 들어본 적 있지요."

"그와 그의 두 친구인 신공장과 돈오삼검, 그리고 정체 모를 애송이 하나."

"전부 죽이면 되는 건가요?"

빙절은 말투에 귀찮음이 묻어났다.

겨우 이런 정도의 싸움을 하기 위해 십인회에 든 것이 아니기 때문이다.

"빙절, 장제를 우습게 보지 마시오."

"전혀 우습지 않았는데 그 말을 들으니 우스워지네요. 십천좌의 무공을 떳떳하게 사용할 수 있는 세상을 만들자고 하더니 겨우……."

빙절의 입가에 미미한 웃음이 떠올랐다.

웃는 것이다.

빙절이 슬쩍 탁자를 문지르자 탁자 위의 음식이 순식간에 얼어버렸다.

"부절, 나는 대막의 밤을 사랑해요. 아주 더운 곳이에요. 또 아주 춥지요. 한음투골조를 익히기엔 최고의 환경이었어요. 누가 더 차가울 것 같아요?"

빙절이 갑자기 도전적인 눈길로 외혁우를 쳐다봤다.

투명해지는 동공과 마주치자 외혁우는 자신도 모르게 몸을 움츠렸다.

'누구? 혹시… 북해빙궁?'

외혁우의 눈이 동그래졌다.

"맞아요. 일 년 내내 추운 곳에서 익히는 빙백신공과 하루의 반만 추운 곳에서 익히는 한음투살조. 어떤 무공이 더 차가운지 궁금했거든요."

빙절은 외혁우의 눈빛만 보고도 속마음을 짐작할 수 있는지 빠르게 말을 이었다.

'독심술도 익히고 있었나?'

외혁우는 티를 내진 않았으나 속으로 많이 놀랐다.

절대적인 조건에서 익힌 빙공과 상대적인 조건에서 익힌 빙공.

빙공을 익혀본 적 없는 외혁우지만, 일부일혈을 익히며 수많은 시행착오를 겪어봤다. 단번에 빙절이 하고픈 말을 알 것 같았다.

빙절의 표정은 차가운 것이 아니라 지루해하는 표정인 것이다.

"당연히 상대적인 조건일 거요. 하나……."

"하나?"

"혼자서는 안 되오."

"난 혼자가 편해요."

"그렇다고 빙절과 함께 움직이겠다고 찾아온 자들을 돌려보낼 수는 없잖소? 그들은 새로운 세상을 만드는 데 일조하고 싶다는 마음 한 가지뿐이오. 스무 명 모두 십천좌의 무공을 익힌 자들이오. 도움이 되면 됐지 방해는 되지 않을 것이오."

외혁우는 자신이 말을 하고 나서도 꽤나 설득력이 있음을 자신했다.

빙절은 잠시 외혁우를 보다 자리에서 일어났다.

허락한다는 뜻이었다.

외혁우는 주루를 떠나다 아직 떠나지 않은 빙절을 봤다. 주루 정면에 서서 전신에 하얀 서리를 두른 빙절의 손이 서서히 들려졌다.

'저런, 아까 점소이의 행동에 살심이 인 모양이군.'

외혁우는 모른 척 웃으며 떠나갔다.

그의 뒤로 거대한 유리가 깨지는 소리가 진동을 했다. 주루 전체를 얼렸다가 부수는 소리였다.

'태산은 빙절이 알아서 하게 내버려 두고. 혁련휘지를 처리했으니 여의단에서 십인회에 대해 알 리가 없다. 장절과 도절이 소모품들을 데리고 누비기만 하면 여의단은 우왕좌왕하게 된다. 문제는 정검련과 사파삼대세력인데, 정검련의 영역에선 일을 벌이지 말라고 당부했으니 그 또한 해결된 셈이나 마찬가지고. 나는 이제 파천마궁으로 가볼까.'

외혁우의 입가엔 웃음이 가득했다.

십인회를 손에 넣기라도 한 듯한 표정이었다.

*　　　*　　　*

그들, 자신들을 십인회라 부르는 집단은 등장과 동시에 여의단을 흔들어놓았다.

호남성을 제외한 강서성과 호북성에는 이미 심심찮게 그들의 살행이 시작됐다. 대담하게도 그들은 자신들의 무공에 대해 숨기지 않았다.

여의단 강서 지부와 호북 지부의 피해가 가장 컸다.

불과 한 달 새에 여의단과 연관된 중소문파 이십여 곳이 멸문당했다. 문제는 그 때문에 다른 문파들이 여의단을 불신하게 됐다는 것이다.

여의단은 사태의 심각성을 깨닫고 각 지부에 통보하여 십인회와 관련된 자들을 잡아들이라고 했으나, 실적은 미미했다.

"저자입니다! 저자가 구안문과 진호문을 멸문시켰습니다."

너른 벌판을 건너가는 사내를 가리키며 한 명이 소리쳤다. 강서 지부의 유명한 추적객 자허였다.

"가자."

자허의 말이 끝나자마자 맨 앞에 선 중년인이 먼저 움직였다.

강서와 호남의 경계에 위치한 앙번(央繁) 지역은 산보다 평야가 많은 곳으로 유명했다.

그 덕분에 사람을 찾기가 쉬웠다.

"멈춰라!"

선두에서 사십여 명을 이끌던 중년인은 평야를 건너는 학자풍의 문사에게 소리치며 뒤돌아보게 만들었다.

사십대로 보이는 문사가 돌아서자 그의 품엔 도신을 드러낸 도 한 자루가 들려 있었다.

"나를 부르셨소?"

태도나 목소리만 들어선 전혀 살성처럼 여겨지지 않는 자였다. 들고 있는 날카로운 도만 아니었다면 중년인은 실수했다고 사과하며 돌아섰을지도 몰랐다.

"자허, 틀림없느냐?"

중년인은 자허의 추적술을 믿었다.

한 번 추적하기로 마음먹은 이상 놓친 적이 없는 유능한 부하이기 때문이다.

"부지부장님, 틀림없습니다."

"알았다."

부지부장이라 불린 중년인은 곧이라도 용트림을 할 것 같은 문양의 도를 들어 문사 차림의 사내를 향했다.

중년인은 여의단 강서 지부 부지부장 각웅으로, 곤륜파의 청월도법(淸越刀法)을 극성까지 익힌 절정고수였다.

"당신이 구안문과 진호문을 없앴는가?"

각웅이 묻자, 문사 차림의 사내는 고개를 갸웃거리다 이내 웃었다.

"기억할 정도의 곳인가? 흠, 어디 보자… 오는 길에 쓸모없어 보이는 몇 곳을 정리하긴 했는데, 그중에 포함되어 있는지는 모르겠소."

문사 차림의 사내는 태연하게 웃었다.

"우, 웃어? 네놈이 지금 무슨 짓을 했는지 알기나 하고 웃는 게냐!"

각웅의 뒤쪽에 서 있던 부하 중 한 명이 소리였다.

"인정을 해도 화를 내네. 후후후. 그나저나 내 선물이 너무 약소했나? 겨우 이 정도 인원으로 나를 잡으러 오다니 말이야."

　문사 차림의 사내는 포위하고 있는 사십여 명을 한심하단 눈으로 바라봤다.

　"이 정도 인원이면 충분하지."

　"충분? 후후후. 학문에만 전념하다 보니 세상 돌아가는 걸 몰랐소. 세상 구경이나 할까 하고 나왔는데 문득 내 손이 녹슬지 않았는지 궁금해서 죽여본 것이오. 그 점은 이해하기 바라오."

　문사 차림 사내의 말투는 점잖았다.

　살인에 무감각한 모습과 말투.

　각웅의 머릿속에 번개처럼 스치는 생각이 있었다.

　'혹시 이자가 총령께서 말씀하셨던 그들 중 한 명?

　각웅은 눈짓으로 부하들에게 명령을 내렸다.

　"요즘 강호를 들쑤시고 다니는 무리와 관련이 있는 자로구나. 여의단을 건드린 것이 얼마나 큰 실수인지 알게 해주마."

　각웅이 문사 차림의 사내를 노려보며 입을 열었다.

　"여의단주가 와도 몇 초 만에 죽일지 고민이 되는 나로선 의외로군. 나, 도절이 그렇게 만만해 보이던가?"

　말투는 점잖았으나 눈빛에는 살기가 가득했다.

　"도절?"

　"십인회에 속해 있소. 아주 특별한 존재들이지."

　도절이 각웅을 보며 빙긋, 웃었다.

"십인회? 특별한 존재? 지나가던 개가 웃을 일이군."

"이런, 그 말 한마디로 당신이 제일 먼저 죽게 됐소."

도절은 각웅을 보며 딱한 눈을 했다.

"미쳤군."

각웅은 말을 마치자마자 도절의 발을 향해 도를 펼쳤다. 하나 도절은 허공으로 떠오르며 각웅의 공격을 가볍게 피했다.

"쳐라!"

각웅이 기다렸다는 듯 소리쳤다.

귀주 지부의 무인들이 일제히 도절을 향해 무기를 뻗어갔다.

"후후."

도절은 자신을 향해 날아오는 수많은 무기들을 바라보며 코웃음 쳤다. 그리고는 훌쩍 신형을 더욱 높이 솟구치며 헛손질을 하게 만들었다.

귀주 지부 무인들은 눈앞에 있던 도절이 사라지자 땅으로 내려서며 우왕좌왕했다.

"위다! 모두 흩어져!"

각웅의 외침이 끝나기도 전, 도절의 도신이 하늘을 향해 번쩍였다.

정(井). 허공에 그려진 백광의 선들이 그대로 땅에 떨어졌다.

콰쾅!

선에 닿은 무인들의 몸은 세로로 잘려 나갔고, 선과 선 사이의 공간으로 몸을 피했다고 여긴 무인들은 옆으로 퍼지는 정구도의 여파에 가로로 몸이 잘려 나갔다.

정구도의 영역 안으로 들어온 모든 무인들이 죽은 것이다.

"이, 이럴 수가……."

각웅은 도를 든 손을 떨었다.

참혹한 현장은 그의 전의를 상실하게 만들었고, 도절이 바로 뒤에 내려서는 것도 보지 못하게 만들었다.

주춤주춤 물러서다 무언가 등에 닿았다.

"헉!"

돌아본 각웅의 눈에 도절의 도신이 들어왔다.

"이 마귀, 죽어라!"

각웅은 기겁을 하며 도를 휘둘렀다.

'핏' 하고 짧고 간결한 음향이 지나갔다.

"오늘도 개운해졌군."

도절은 마지막으로 쓰러지는 각웅의 머리를 밟았다.

"나머진 처리해라."

도절은 알 수 없는 말을 남기고 걸어갔다.

살아남은 귀주 지부의 무인들은 아연실색해진 표정으로 산개하여 내달리기 시작했다.

'알려야 한다!'

무인들의 머릿속에는 오직 그 한 가지 생각밖에 없었다.

그러나 그들의 생각은 실천으로 이어지지 못했다. 주먹[拳], 손바닥[掌], 도끼[斧]가 사방에서 날아오며 그들을 때리고 베고 찔렀기 때문이다.

"끄아아악!"

비명이 길게 이어지다 공허하게 사라져 갔다.

*   *   *

진생은 벌써 한 시진째 심각한 표정으로 용악의 몸을 살피고 있었다.

검왕의 모옥에서 사용했던 방법으로 용악의 상태를 진찰하려 했으나 침이 꽂히질 않아 애를 먹고 있는 까닭이다.

"어찌 이런… 진맥으로는 전혀 이상이 없는데… 저 확장된 동공과 달라진 피부는 뭐란 말인가?"

진생은 중얼거리면서 계속해서 침놓기를 시도했다.

그러나 침이 박히기도 전에 구부러지거나 부러지는 데에야 별 도리가 없었다.

용악은 따분한 표정으로 평상에 누운 채 양손을 들어 양쪽 손의 엄지와 검지를 겹쳤다. 사다리꼴 모양의 하늘이 눈에 들어왔다. 그 안에 회색 구름과 흰 구름이 섞여 빠르게 지나갔다.

'천마수… 이건 어떻게 해야 찢어질까?'

용악은 회복 불가능할 거라 여겼던 두 곳의 혈이 뚫린 후라 무척 기뻤다. 두 곳의 혈이 타통된 것은 임중걸의 폭주하는 기운 덕분이었다. 물론 그전에 진생의 도움이 있었기에 가능했다.

천마수에 모든 힘을 빼앗긴 용악은 의식불명 상태였다. 평상시의 용악이었다면 진기로 두 곳의 혈을 보호했을 것은 자명하고 진생의 칼은 어깨와 복부를 도려내지 못했을 것이다.

신체의 기능이 정지되자, 용악의 몸은 어깨와 복부의 썩은 피를 혈에 두지 않았다. 그것을 진생이 빼냈다.

용악이 정신을 잃었기에 가능했다. 만약 용악이 의식을 차리고 있었다면 두 곳의 상처를 진기로 보호했을 테니까.

용악은 치료 과정을 모두 듣고 나서야 몸의 갑작스러운 변화를 깨달을 수 있었다. 하나 의문은 하나 더 남아 있었다.

'천마십이수…….'

임중걸을 상대할 때 무의식적으로 손을 뻗었을 뿐인데 다들 천마십이수라며 놀랐다.

용악은 지금까지 천마십이수를 익힌 적이 없었다.

어떻게 그것이 가능할까?

"그만 하시죠."

진생이 손을 놓으며 고개를 내저었다.

그 모습에 용악은 생각에서 깨어나며 진생을 쳐다봤다.

"진기를 운용하지 않는 것이 분명합니까?"

"말했잖소, 진기를 모두 풀었다고."

"한데도 침이 꽂히질 않습니다. 아마도 마제의 몸에 무슨 변화가 생긴 것 같습니다."

진생은 존칭을 스스럼없이 사용했다.

부용과 죽영으로부터 용악에 대해 듣고 난 뒤로 자연스럽게 칭하게 된 것이다.

"안 그래도 한 가지 의문이 있는데……."

"뭐죠?"

"그 임중걸이란 자의 공격을 막을 때 사용한 수법에 대해선데… 천마십이수라며 놀랐잖소? 사실 그건 내 의지와 무관하게 나간 것뿐이었소."

용악의 말을 들은 진생은 잠시 고민하는 표정을 지었다. 일반인들과 무인들의 몸은 달랐다. 하나 한 가지는 같았다. 바로 몸의 주인은 바로 그 자신이란 것.

"이건 하나의 가설입니다. 마제의 몸이 천마십이수? 그 무공을 기억하고 있었다면 충분히 가능한 얘기입니다."

"몸? 나는 천마십이수를 전혀 모르는데……."

용악이 말을 하다 말고 생각에 잠겼다.

용악은 천마십이수를 모르지만 천마십이수를 창안한 천마의 경우는 어떨지 생각이 든 까닭이다.

'천마라면 알고 있는 정도가 아니라 이미… 가만, 그렇다면 혹시 천마수가?'

용악은 양손을 내려다봤다.

용악의 의지와 무관하게 임중걸의 묵도를 막아낸 것과 용악을 혼절 상태로 만든 것까지 빠르게 머릿속을 지나갔다.

"무슨 일이십니까?"

진생은 갑작스런 용악의 반응에 이채를 발하며 물었으나, 이미 생각에 잠긴 용악의 귀에는 들리지 않는 것 같았다.

진생은 아쉬웠으나 용악이 말해줄 때까지 기다리는 것이 옳다고 여겨 조용히 자리를 비켜주었다.

'이전의 나라면 무의식적인 상태에선 일흡 기벽이 나왔을 것이다. 하나 이번엔 천마십이수가 나왔다. 뭐지? 내가 내 몸을 제어하지 못하고 있는 건가?'

임중걸을 상대할 때 용악은 예전의 구 할 가까운 힘을 되찾았다고 확신했다.

그런 상태에서 무의식을 천마수가 조종한다?

내려다보고 있는 천마수가 갑자기 끔찍해졌다.

그때, 용악의 귀로 부용의 목소리가 들렸다.

"뭐야, 왜 그렇게 표정이 굳어 있어?"

"놈들이 나타났다."

죽영의 목소리가 이어졌다.

"놈들… 하나?"

"……"

"둘이면 우리만으론 곤란하잖아?"

“숫자가 안 적혀 있다. 아마도 확인을 해야 할 것 같다.”

“뭐? 미쳤냐, 죽영? 지금까지 교검 둘이 그것들 한 명 이상 상대한 적 있어? 련에 보고부터 해.”

부용의 목소리에 두려움이 담겨 있었다.

덜컹. 용악이 방문을 열며 나갔다.

“마, 마제… 괜찮으세요?”

부용은 언제 그랬느냐는 얼굴로 용악에게 쪼르르 다가왔다. 처음 볼 때보다 무척 여성스러워진 부용의 모습은 아무래도 눈이 한 번 더 갔다.

“알릴 것 없이 같이 가자.”

“예? 어딜……”

“놈들이 있는 곳.”

“……”

부용이 대답 대신 죽영을 돌아봤다.

죽영만 괜찮다면 좋다는 뜻이었다. 하나 당연히 반길 줄 알았던 죽영의 표정이 좋지 않았다.

용악과의 동행은 죽영으로선 전혀 문제될 것이 없었다. 하나 부용이 지나치게 기뻐하는 모습은 보기 불편했던 것이다.

“뭐야……”

부용이 잘려진 시체들을 보며 혀를 내둘렀다.

잔인함보다 먼저 든 생각은 깔끔한 손속이라는 것이었다.

"지금까지 상대했던 자들 중에 가장 강할 것 같은데? 호검 께 연락을 취해야겠다."

죽영이 심각한 표정을 지었다.

부용은 흑진주 같은 눈으로 주위를 샅샅이 훑었다.

"정구도군."

부용과 죽영의 시선이 한쪽으로 돌아갔다.

용악이 땅을 보며 인상을 쓰고 있었다.

"정구도? 이게 정구도라고요? 그럴 리가 없어요."

부용은 빠르게 반문했다.

지금까지 부용과 죽영은 십천좌의 무공 중 여러 가지를 겪 어봤다. 하지만 그 누구도 이런 엄청난 흔적을 남긴 자는 없 었다.

'그자와 같은 부류인가?'

용악은 흔적을 보고 한 사람이 떠올랐다.

부좌의 무공과 비교하면 차이가 있지만, 희창이나 화, 빙, 풍 등 유리붕권을 익힌 자에 비하면 월등한 실력을 지닌 부절 외혁우.

그자 때문에 장제가 있음에도 안심하지 못하고 황보소소 에게 혈강시 두 구를 수족처럼 부리게 만들어야 했다.

'육천좌가 천산을 내려오지 않았으니 굳이 이곳에 더 머물 이유는 없지.'

용악은 검왕으로부터 십천좌의 무공을 사용하는 자들에

대해 들은 후였다. 육천좌가 아니라면 용악이 이곳에 있을 이유는 전혀 없었다.

하지만 정구도를 이렇게까지 자유롭게 사용하는 자를 두고 돌아서기엔 부절 외혁우에 대한 인상이 너무 좋지 않았다.

"그자는 어디로 갔지?"

용악의 질문에 부용은 모른다는 표정으로 고개를 가로저었으나, 죽영은 의식적으로 고개를 좌측으로 돌렸다.

용악은 죽영이 가리킨 방향으로 몸을 돌렸다가 다시 두 사람을 향해 되돌아섰다.

"왜 이 일을 하는 거지?"

"……?"

용악의 기습적인 질문에 부용과 죽영은 당황해서 제대로 대답하지 못했다.

"원한이 있나?"

용악이 재차 물었다.

"아, 아니요."

"그럼?"

"그게……."

"있는 그대로."

"다, 당연한 거잖아요!"

부용이 황당하단 표정으로 소리쳤다.

"당연한 것?"

“우린 정검련의 무인들이라고요. 그들처럼 강호에 해악을 끼치는 자들을 제지하는 건 당연한 일이라구요.”

흑진주 같은 눈동자가 용악의 시선과 마주한 채 흔들림없이 고정됐다. 자부심이 가득 담겨 있는 말이었다.

“둘과는 직접적인 원한도 없는데?”

용악이 부용과 죽영을 동시에 바라보며 되물었다.

“마제는 직접적인 원한이 있어야만 그들과 싸웁니까? 그런 분이 어째서 우리와 함께 오자고 하신 겁니까?”

죽영이 대놓고 싫은 내색을 했다.

“왜 그래?”

부용은 깜짝 놀라 죽영을 쳐다봤다.

죽영의 이런 모습은 처음이었다.

“대의는 나랑 상관없다. 하지만 검왕께 신세 진 건 갚아야지. 그래서 오자고 한 것뿐이다.”

용악은 담담하게 대답한 후 몸을 돌렸다.

정구도를 익힌 자는 검왕의 영역에서 이런 짓을 저지른 것만으로도 운명이 정해진 것이나 다름없었다.

너무 담담한 대답 때문이었을까?

말렸던 부용도 화를 냈던 죽영도 더 이상 말을 잇지 못했다. 마치 천산의 칼바람이 은연중에 용악에게서 흘러나온 것처럼 두 사람을 싸늘하게 만들었다.

"대의는 나랑 상관없다."

　용악의 한마디는 한동안 두 사람의 머릿속을 떠나지 않았
다. 새삼 용악의 정체가 뭔지 궁금해지는 두 사람이었다.

　임중걸과 만나기 전의 용악은 일흡의 무공을 이용해 신법
을 펼쳤다. 최소의 힘으로 원하는 거리를 이동했고, 그것만으
로도 충분했다.
　슈악.
　용악의 귀로 바람 가르는 소리가 들렸다.
　일흡 기벽이나 일흡 급속을 전혀 일으키지 않았다.
　원하는 방향을 바라보며 가고 싶다는 생각을 했을 뿐이었
다.
　무의식중에 천마십이수를 펼친 것과 같았다.
　생각을 떠올리자 단전에서 발바닥 용천혈까지 순식간에
진기가 이어졌다.
　좀 더 빠르게, 좀 더 느리게.
　이 차이 역시 생각만으로 조절이 가능했다.
　오른손을 펼쳐 가슴으로 바람을 막자 신형이 빙그르르 돌
며 허공을 유영하게 만들었다.
　부용과 죽영이 전력을 다해 쫓아오고 있었다.
　그들이 땅을 두 번 밟는 동안 용악은 한 번이나 제대로 밟

을까? 아니, 그조차 할 필요도 없었다. 그저 바람에 몸을 싣기만 해도 십 장 가까이 죽 허공을 유영할 수 있기 때문이다.

'이것도 내가 익혀본 적 없는 신법일까?'

신기한 것은 이번엔 용악의 상체는 하체의 흐름과 전혀 무관하게 되어 있다는 것이다.

용악이 땅에 내려서자 그제야 부용과 죽영이 헐레벌떡 뒤따라 내려섰다.

"헉헉… 도, 도대체 그런……."

"훅훅……."

부용은 양손을 무릎 위에 대고 거칠게 숨을 내쉬었고 죽영은 약한 모습을 보이기 싫었는지 억지로 호흡을 조절했다.

"잠시 쉬었다가 저 고개로 올라가자."

용악이 가리킨 곳은 앞쪽 평야를 막고 있는 낮은 구릉이었다.

"저, 저기가 어딘데요?"

"그자가 어디로 갔는지 볼 수 있게 해줄 곳."

용악은 대답과 동시에 또다시 몸을 날렸다.

"자, 잠… 에익."

부용은 좀 쉬나 했다가 용악이 몸을 날리자 욕이 나오는 입을 꾹 닫고서 힘껏 신법을 펼쳤다.

죽영도 질 수 없는지 이를 악물고 부용의 뒤를 쫓아갔다.

구릉 위에 도착한 두 사람에게 용악은 어딘가를 가리켰다.

“저들은 여의단 아니야, 죽영?”

“맞아.”

“그럼 헛고생했네?”

부용의 질문에 죽영은 고개를 끄덕이는 걸로 대답을 대신
했다.

“내려가자.”

용악은 두 사람의 대화를 듣기나 했는지 다시 움직이려 했
다.

“자, 잠시만 기다려 주세요.”

“……?”

“여의단이 이미 저자를 포위하고 있잖아요.”

“그런데?”

“우리가 나설 자리가 아니란 뜻이죠.”

“저들이 전부 죽은 후에 나서겠다는 건가?”

용악의 물음에 부용과 죽영은 대답을 하지 못했다.

용악이 말을 이었다.

“검왕의 영역에서 저런 식으로 행동하면 어떤 대가를 치러
야 하는지 알려주는 게 어때?”

“자, 잠…….”

부용은 할 말이 떠오르지 않아 잠시 망설였고 그새를 못 참
고 용악이 움직였다.

“죽영, 뭐 해?”

"내가 저 사람 부하냐? 왜 자꾸 내게 시비야?"

죽영이 부용에게 쏘아붙이고는 아래쪽으로 향했다.

"쟨 또 왜 저래……."

안 그래도 용악이 마음대로 휘젓고 다니는 바람에 피곤한 부용은 짜증이 솟구쳤다.

쿵!

용악이 묵직하게 땅을 울리며 떨어져 내렸다.

여의단 강서 지부와 호북 지부의 무인들이 한자리에라도 모였는지 백 명은 될 것 같은 인원이 일제히 용악을 돌아봤다.

그러자 용악은 기다렸다는 듯이 그들 사이를 걸어갔다. 무인들은 영문도 모른 채 양옆으로 비켜주며 용악이 지나가도록 해주었다.

누구도 왜 그랬는지 아는 사람은 없었다.

얼굴의 삼분지 이가 화상 자국으로 덮인 중년 사내는 다가오는 용악을 주시했다.

등장과 동시에 분위기를 자신의 의도대로 이끄는 모습이 예사롭게 보이지 않는 까닭이다.

"누구시오?"

"용악."

중년인의 질문에 용악은 너무 쉽게 이름을 밝혔다.

그러자 알 수 없는 반응이 무인들 전체로 확산됐다.

반색하고 있었다. 마치 용악에 대해 알고 있는 사람들처럼.

"번천수 용악, 용 소협이 맞으십니까? 아! 저는 안휘 지부의 지부장님 밑에 있다 얼마 전에 강서 지부로 편입된 강서 지부 부지부장 강완이라고 합니다."

깍듯했다.

"번천수?"

용악이 고개를 갸웃거렸다.

"소호에서 용 소협의 활약을 지켜본 총령께서 용 소협을 그리 부르셨습니다."

"사마화인."

"맞습니다. 소호에서 용 소협이 상대했던 자들의 무공이 금지된 무공 중 하나인 유리붕권이었습니다. 지금까지 나타났던 자들 중 가장 강했지요. 최근에 모습을 드러낸 저자를 제외하고는……."

강완은 슬며시 고개를 돌려 도절을 쳐다봤다.

"번천수 용악… 청년이었나? 소호에서 활약이 대단했다지? 자네의 솜씨는 십인회에서도 꽤나 유명하다네."

도절은 용악에게 흥미를 보였다.

"십인회? 훗. 십천좌를 흉내 내서 만든 이름인가?"

"…그분들에 대해 알고 있나, 청년?"

“물론.”

용악의 대답은 간결했다.

십천좌에 대해 아는 자가 이런 반응을 보인다?

도절에겐 한 가지 버릇이 있었다.

흥미로운 서책을 발견하면 반드시 다 읽어야 했다.

문사로서의 습관이 아직 남은 탓이다.

지금 눈앞의 용악은 흥미로운 서책이었다.

도절이 뭐라고 묻기도 전에 용악의 말이 이어졌다.

“도좌의 정구도. 얼마나 익혔지?”

“……!”

도절이 이번엔 놀란 표정을 숨기지 않았다.

십천좌에 대해 알고 있다는 사실만으로도 놀랍기 그지없는데 무공 명까지 꿰뚫고 있는 것이다.

“정구도?”

두 사람의 대화를 듣고 있던 강완의 눈빛이 사납게 변했다.

그 역시 정구도에 대해 알고 있기 때문이다.

“흥미롭군, 청년. 어떻게 그런 것을 알고 있지?”

도절이 용악의 말을 부정하지 않자, 강완의 표정이 딱딱하게 굳었다. 하나 그보다 더 놀라운 말이 용악의 입에서 흘러나왔다.

“우스운 질문이군. 보면 모르겠느냐? 나는 너를 죽일 사람이다.”

용악은 일부러 비웃음을 담아 대답해 주었다.

도절은 눈꺼풀이 떨리는 것을 웃음으로 감췄다.

정구도를 알고 있으면서 죽인다는 말을 서슴없이 하고 있었다.

"숨겨둔 것들도 다 불러. 누구처럼 도망칠 때 부르지 말고."

"누구?"

"일부일혈을 사용하던 자. 모르나?"

'부절이 이 청년을 만났다고? 한데 어째서 아무런 말도 없었던 거지?

도절은 용악이 진실을 말하고 있다는 걸 직감으로 알 수 있었다.

용악의 시선이 주위로 돌아갔다. 굳이 기감을 펼치지 않아도 소모품들의 위치를 느끼는 모양이다.

도절의 등 뒤에서 도신이 빛을 번쩍였다.

그러자 용악이 고개를 돌려 도절을 쳐다봤다.

"청년, 제법이군."

"그래? 넌 별론데?"

第四章
일흔기벽 신위

천산마제

용악은 도절이 남긴 흔적을 통해 천산에서 싸웠던 도좌의 정구도를 떠올릴 수 있었다. 부딪치기 전보다 부딪친 후에 더욱 큰 파괴력을 일으키던 기괴한 무공.

아직 도절에게선 그 경지가 느껴지지는 않았다. 하나 용악 역시 예전의 상태를 회복하진 못한 상태였다. 아직은 일흡의 무공도, 천마수의 무공도 제대로 사용할 수 없기 때문이다.

임중걸을 상대할 때 사용한 천마십이수나 이곳까지 오는 동안 펼친 신법은 용악의 의지와 무관했다.

용악의 본신진기와 천마수의 진기를 재정비할 필요가 있었다. 어쩌면 그 역할을 맡아줄 자를 만난 것일지도 몰랐다.

천마십이수는 진기의 소모가 적었다. 일흔 기벽과 함께 사용할 수 있다면 새로운 무공이 될 수 있었다.

슥.

용악은 도절을 향해 한 걸음 옮겼다.

도절에게서 살기가 일어났다.

용악이 한 걸음씩 다가갈 때마다 그 살기의 농도는 짙어졌다. 하나 용악은 도절의 살기를 전혀 느끼지 못하는 사람처럼 걸음의 속도를 줄이지 않았다.

꿈틀. 도절의 미간이 좁혀졌다.

용악의 행동은 도절의 살기를 느끼지 못하거나, 도절의 살기를 무시하거나 둘 중 하나란 뜻으로 해석됐기 때문이다.

도절은 자신의 생각을 부정했다.

그 어느 쪽도 이치에 맞지 않은 까닭이다.

'나서야 하나, 아니면 지켜봐야 하나……'

강완은 한쪽에서 용악과 도절을 지켜보며 아무런 명령도 내리지 못했다.

용악의 등장도 의외였으나 도절이 금지된 무공인 정구도를 익혔다는 사실에 경악하고 있었기 때문이다.

사마화인은 여의단 각 지부장들에게 금지된 무공을 익힌 자들이 곧 움직일 거라 전했다.

지금까진 금지된 무공을 익힌 자들은 쥐도 새도 모르게 처리됐다. 그때는 정사(正邪)의 구분은 필요없었다. 먼저 발견하는 쪽이 처리하면 그만인 까닭이다.

그러나 지금은 얘기가 달랐다. 금지된 무공 중 유리붕권을 익힌 자를 단신으로 죽인 사람이 있었다. 그것이 강완으로 하여금 그냥 지켜보도록 만들었다.

용악이 소문처럼 하늘을 뒤집는 실력을 갖고 있는지도 보고 싶었고, 금지된 무공의 위력이 얼마나 대단한지도 보고 싶었다.

당연히 한편으로는 만약의 사태를 대비하는 것도 잊지 않았다. 부하들에게 제자리를 지키라는 수신호를 보냈다.

그때였다.

"사람들을 물러서게 하십시오."

수신호를 보낸 강완의 뒤에서 냉정한 목소리가 들려왔다. 돌아보자 처음 보는 차림새의 두 남녀가 서 있었다. 말을 건넨 사람은 죽영이었다.

"누구……."

"우린 정군산에서 왔습니다."

"정군… 그럼… 검……."

"맞습니다."

"어째서……."

강완은 의아한 표정을 숨기지 않았다.

두 사람이 이곳에 와 있는 이유를 모르기 때문이다.

"저자는 정군산 영역에서 살인을 저질렀습니다."

죽영은 강완의 입에서 검왕이란 말이 나오기 전에 잘랐다.

'영역… 그렇다면 검왕께서 다시 강호 활동을 시작하셨다는 건가? 더구나 번천수를 데리고 계셨다?'

강완으로선 충분히 생각할 수 있는 오해였다.

'아니지, 보고에 의하면 번천수는 황보세가의 식객이라고 하지 않았던가?'

황보세가의 식객, 번천수 용악이란 젊은 고수의 등장은 강호에 소문이 파다하게 난 후였다. 그런 사람이 갑자기 정검련의 고수 둘과 이곳에 나타났다? 강완의 머릿속이 어지러워졌다.

"늦으면 늦을수록 희생은 클 겁니다."

죽영이 다시 한 번 말을 하자 그제야 강완은 부하들에게 물러서도록 손짓을 했다.

콰콰쾅!

용악은 도절의 도끝에서 실처럼 빠져나온 백광을 향해 손을 뻗었다.

빠르게 퍼져 가는 몸속의 흐름들.

기억하기 위해 일부러 연속으로 손을 썼다.

그러자 천마십이수를 펼칠 때의 진기 흐름이 어떻게 형성되는지 느낄 수 있었다.

"후후후."

도절은 웃음이 나왔다. 용악의 무공을 시험하기 위해 손을 썼는데 너무 쉽게 막힌 까닭이다. 어이없는 웃음이었으나 그 웃음에는 충분한 흥미가 담겨 있었다.

쉭.

도절의 웃음이 채 가시기도 전에 용악의 손이 도절을 향해 움직였다.

도절은 용악의 손을 보며 제자리에서 꼼짝도 하지 않았다. 곧 용악이 손을 거둘 걸 아는 까닭이다.

흥!

"……!"

파공음과 함께 도기가 용악의 뒤쪽에서 밀려왔다.

위에서 아래로 그물처럼 퍼뜨리는 것이 아닌, 적의 시야를 속여 뒤쪽 어느 한 점에 기를 집중시킨 후 잡아당기는 형식을 취한 것이다.

따당!

용악이 손을 멈추고 돌아서려 하자, 이번엔 도절이 들고 있는 도를 튕겼다.

기파의 형태를 띤 음공이 용악을 향해 날아갔다.

양쪽 공격 모두에 엄청난 진기가 실려 있었다.

도절의 연속 공격은 용악의 감각을 자극하기에 충분했다.

용악은 먼저 뒤쪽을 향해 천마십이수를 날렸다.

콰쾅!

천마십이수와 정구도가 충돌을 일으키며 도절이 날린 음공을 약화시켰다.

도절은 용악이 정구도의 그물을 우그러뜨리듯 천마십이수를 내뻗자, 깜짝 놀라 도신을 앞으로 하며 정구도를 날렸다.

순간, 방어를 해도 시원찮을 상황에서 용악이 엉뚱한 행동을 했다. 몸을 활짝 열며 도절의 음공을 맨몸으로 받아들인 것이다.

쾅!

"……!"

도절은 자신도 모르게 도신을 튕겼던 손가락을 쳐다봤다. 분명 거력이 실려 있던 음공이었건만 용악은 너무도 쉽게 막아냈다.

용악이 한 걸음 앞으로 다가왔다.

도절의 도신에서 백광이 피어난다 싶더니 그대로 허공을 가르며 용악을 때렸다.

쾅!

용악의 어깨가 휘청거리다 원래대로 돌아왔다.

충격을 받은 쪽은 용악이 분명한데 놀란 쪽은 도절이었다.

"이런 반탄력이라니……."

도절은 용악의 어깨를 때렸다가 어마어마한 반탄력에 하마터면 도를 놓칠 뻔했다.

‘음공을 막을 때보다는 기벽을 일으키기 쉬웠으나 아직은 반응이 늦다.’

용악의 의도대로 됐다면 어깨가 흔들릴 이유가 없었다. 기벽을 일으키겠다고 마음먹는 순간 기벽이 일어났어야 하는데 그렇지 못했다.

도절은 허공으로 신형을 솟구치고는 도를 여러 번 그어 정(井) 자 형태를 만들어 내려쳤다.

쾅!

사선으로 뻗어진 백광들이 그대로 용악의 전신을 때렸다.

주르륵, 용악의 신형이 뒤쪽으로 네 걸음이나 밀렸다.

도절은 땅에 내려서며 도를 더욱 강하게 쥐었다.

이번에도 용악의 몸을 때리는 순간 엄청난 반탄력이 정구도의 위력을 반감시켰다.

상황이 묘했다.

공격하는 도절은 뒤로 물러서고 공격당하는 용악이 오히려 앞으로 나아갔다.

슥.

용악이 앞으로 다시 한 발을 옮기자 도절이 주춤, 뒤로 한 걸음 물러섰다.

‘상처가 없다. 반탄력이 아니었던 건가?

도절은 두 번 연속 때린 용악의 의복을 보고 있었다.

흠집조차 나지 않았다.

반탄력이 아무리 뛰어나다고 해도 옷이 상하는 것은 어쩔 수 없었다. 하나 용악의 의복은 너무 멀쩡했다.

반탄력이 아닌 것이다.

'반탄력이 아니면 뭐지?'

도절은 신기한 눈으로 용악을 쳐다봤다.

그러더니 갑자기 도를 들어 옆을 향해 내뻗었다.

"크아악!"

용악과 도절을 에워싸고 있던 무인 중 다섯이 비명과 함께 몸이 잘려 죽었다.

"……!"

무인들은 갑작스런 상황에 할 말을 잃고 믿기지 않는 눈으로 잘려진 동료들의 몸을 바라봤다.

"도에 이상은 없는데……."

도절은 고개를 갸웃거리며 용악을 쳐다봤다.

다들 저렇게 죽는데 너는 왜 안 죽느냐는 표정이었다. 단지 도에 이상이 있는지 알아보기 위해 살인을 저지른 것이다.

강완을 비롯한 여의단 무인들이 분개하며 도절에게 일제히 다가갔다.

"물러서시오!"

죽영이 다급히 외쳤으나 이미 동료의 피를 본 여의단 무인들은 이성을 잃고 있었다.

"귀찮군."

쿵!

용악이 다가오는 무인들에게 경고하듯이 발을 굴렀다. 용악의 발에서 시작된 진동이 사방으로 퍼져 나가며 여의단 무인들의 신형을 흔들리게 만들었다.

그러자 거짓말처럼 무인들의 행동이 멈췄다.

일제히 최면에서 깨기라도 한 사람들처럼 흠칫거렸다.

"이걸 노렸나?"

용악 특유의 담담한 표정에 말이 실리자 비웃음이 됐다.

"도가 무뎌졌나 시험해 본 것뿐이네."

도절은 용악의 말을 가볍게 넘겼다.

"난 또 겁먹은 줄 알았지. 그럼 다시 시작해 볼까? 이번엔 좀 더 센 걸로 부탁하지."

"안 그래도 그래야 할 것 같네. 자네의 반탄력까지 모두 잘라줄 테니 막을 수 있으면 막아보게."

용악은 다시 도절을 향해 걸음을 옮겼다.

도절의 전신에서 살기가 일며 사방으로 뻗어나갔다.

"흡!"

무공 약한 몇몇 무인이 기함을 지르며 급히 물러섰다. 그만큼 도절의 살기는 무시무시했다.

용악은 살갗에 부딪치는 도절의 살기를 느끼면서 계속해서 걸었다.

천산의 수많은 고수들을 무너뜨렸던 걸음이 이곳에서 재

현되고 있었다.

아무리 공격해도 옷자락 하나 건드릴 수 없는 인간.

천산마제를 가리켜 천산의 고수들이 하는 말이었다.

펑! 펑!

도절의 도가 닿지도 않았는데 용악의 몸에서 소리가 터져 나왔다. 기벽을 일으킨 상태에서 도절의 살기가 부딪치며 낸 소리였다.

"세상에… 기를 유형화시킬 정도의 고수라니……. 단에서 저 정도의 고수라면 원로님들 외엔 없을 텐데……."

강완은 손등으로 몇 번이나 눈을 비볐다. 그리고는 주위를 둘러봤다. 백 명 가까운 인원이었으나 도절을 상대하기엔 턱없이 부족해 보였다.

그런 도절을 상대로 용악은 오히려 다가가고 있었다. 그것도 아무런 무기도 없이.

"저러다……."

강완의 손에 땀이 홍건했다.

자신감이 넘치는 것은 좋으나, 저러다 만약이라도 당하게 되면 이곳은 전멸할 수밖에 없었다.

강완은 마른침을 삼키며 부용과 죽영을 돌아봤다.

'뭐, 뭐지? 어째서 저렇게 태연한 거지?

부용과 죽영은 담담한 표정으로 싸움을 지켜보고 있었다.

용악과 검왕의 싸움을 직접 본 두 사람이기에 가능한 반응이었으나, 강완의 입장에선 놀라지 않을 수 없었다.

"왜 빨리 끝내지 않으시는 거지?"

부용이 죽영에게 이해할 수 없는 질문을 했다.

"이유가 있겠지."

죽영이 냉정하게 말을 받았다.

'빠, 빨리 안 끝내… 더구나 이유가 있을 거라고?

강완의 시선은 두 사람에게 고정된 채 움직일 줄 몰랐다. 두 사람은 이미 용악의 승리를 단정짓고 있었다.

'어떻게?

강완은 묻고 싶은 것을 간신히 참았다.

쾅!

지금까지 두 사람의 싸움에서 나왔던 소리 중에 가장 컸다. 용악의 신형이 휘청이며 뒤로 한 걸음 물러섰다.

용악은 시선을 들어 위쪽을 쳐다봤다.

솟아오른 도절의 도신이 백광을 뿜어내며 허공을 종횡무진했다.

백색 정(井) 자가 생겼다 싶은 순간 용악을 향해 떨어져 내렸고, 도절의 도무(刀舞)는 아홉 개의 정(井) 자가 만들어질 때까지 이어졌다.

쾨쾅!

역시나 이번에도 용악은 도절의 공격을 맨몸으로 막아냈다. 그 모습에 도절은 미소를 지었다. 아무리 단단한 몸이라도 아홉 개의 정구도를 막아낼 리는 없기 때문이다.

쾅!

마지막 정구도가 같은 자리에 꽂혔다.

뭉글거리며 먼지가 피어나더니 급기야 주위 사물이 보이지 않을 만큼 사방을 덮쳤다.

힘을 아래쪽에 쏟아낸 도절은 그 반발력으로 허공 높이 치솟은 상태였다.

"아깝군. 그 나이에. 이제 너희들……!"

혼잣말을 하던 도절의 안색이 급격히 굳었다.

도신에 비치던 해가 잠깐 가려진 것을 본 것이다.

그의 뒤쪽으로 누군가가 나타났다.

아래쪽의 거대한 먼지구름과 점점 커지는 도신에 비친 점을 동시에 보다 급히 신형을 땅으로 떨어뜨렸다.

콰우!

"……!"

무시무시한 기운이 도절의 머리카락을 스치며 지나가 땅으로 떨어졌다.

쿠아— 앙—!

도절이 아홉 번에 걸쳐 만들어낸 폭음보다 더 큰 폭음이 땅을 쥐고 흔들었다.

도절은 뒤를 돌아볼 여유도 없이 그대로 신형을 비틀며 순간적으로 사십여 번이나 방향을 틀었다.

발이 땅에 닿자 그가 낼 수 있는 최대한의 속력으로 무조건 내달렸다. 그런 그를 뒤쪽에서 포물선을 그리며 한 인영이 뒤쫓았다.

뒤를 돌아본 도절은 급히 사방에 대고 소리쳤다.

“쳐!”

도절을 쫓아오는 인영은 용악이었다.

한 번도 반격을 하지 않은 용악이 소리도 없이 그의 뒤를 노리고 있었다. 정구도를 익힌 이후 이렇게 도절을 두렵게 만든 사람은 없었다.

도절의 명령이 떨어지자마자 숨어 있던 소모품들이 사방에서 튀어나오며 먼지구름 안으로 들어갔다.

“크아아악!”

소모품들이 먼지구름 안으로 들어가자마자 터진 비명 소리였다.

“누, 누구… 으아악!”

뛰어든 자들은 먼지구름 안에서도 적아의 구별이 가능한지 여의단의 무인들을 무차별로 베고, 때리고, 찔러댔다.

“끄아아악!”

여의단 무인들의 입에서 비명이 계속해서 이어졌다.

용악은 도절과의 거리를 무서운 속도로 좁히다 비명 소리를 듣고 고개를 돌렸다.

도절의 공격을 오직 기벽만으로 받아낸 용악에게 도절을 잡는 것은 시간문제였다. 하나 그보다는 뒤쪽의 아수라장을 해결하는 것이 급했다.

부용과 죽영이 죽기라도 하면 검왕을 볼 면목이 서질 않는 까닭이다.

용악은 다가오는 바람을 향해 양손을 벌렸다.

바람을 안는 자세로 몸을 열자, 용악의 몸이 연처럼 위로 올라갔다. 어느 정도 높이에 이르자 용악은 등 뒤에 기벽을 세우더니 그대로 먼지구름 안으로 방향을 틀었다.

쩔룩!

섬뜩한 소리와 함께 부용의 옆에 서 있던 무인이 앞으로 고꾸라졌다.

부용은 염화금추로 곧장 찔렀다.

캉!

쇳소리가 났다.

부용의 기검과 부딪친 검이 낸 소리였다.

부용은 의아해지고 말았다.

기검과 검이 부딪쳤는데 쇳소리가 난다?

그러나 거기에 더 신경 쓸 여유는 없었다.

스팟!

검이 부용의 허리 부근 살갗을 긁었다.

"윽."

부용은 반사적으로 기검을 휘둘렀다.

땅!

"……!"

역시나 이번에도 쇳소리가 났다.

난입한 자들의 실력을 알 수 있는 소리였다.

상대는 적어도 검에 진기를 주입해 사용할 수 있는 고수들인 것이다.

"조심해."

"……!"

부용은 목소리가 들린 방향으로 검을 휘둘렀다.

턱.

부용의 기검을 잡은 손이 보였다.

"내가 아니라 저쪽이야."

"헉! 마제……."

부용은 말을 하다 말고 입을 다물었다.

그녀의 검을 맨손으로 잡은 용악의 손이 걱정된 까닭이다.

"제가 손을……."

"다른 한 명은?"

용악의 손은 부용의 걱정이 무색할 정도로 멀쩡했다.

"예? 아, 예… 저……."

부용은 죽영이 있던 곳을 가리키기 위해 손을 들었다. 그 순간 날카로운 예기가 부용의 손을 노렸다.

탕!

거친 쇳소리와 함께 검이 토막 나서 바닥으로 떨어졌다. 용악이 손가락을 튕겨 검을 부러뜨린 것이다.

"이런 싸움에선 정신 차리지 않으면 안 돼. 밖으로 나가 있어."

용악은 말을 마친 후 부용의 허리를 잡아 뒤쪽으로 던져 버렸다.

"어?"

부용이 무슨 일인지 알았을 때는 이미 바닥과 거의 맞닿을 정도까지 떨어진 후였다. 부용은 기겁을 하며 발을 디디려 했으나 꼼짝할 수 없었다.

턱.

땅과 충돌을 했으나 전혀 아프지 않았다.

부용의 옆으로 죽영이 떨어져 내렸다.

"죽영도?"

"부용, 너도?"

두 사람은 용악이 던졌느냐는 질문을 서로 했다. 그리고는 아직도 아수라장인 먼지구름 가득한 곳을 쳐다봤다.

도절의 공격을 받아낸 뒤라 그런 것일까?

용악은 먼지구름 안을 누비는 이십여 명의 기운을 선명하게 느낄 수 있었다.

기운이 강하고 약하고의 차이가 아니었다. 여의단의 무인들이 뿜어내는 기와 그들의 기는 본질적으로 달랐다.

허우적거리는 무인들을 향해 주먹을 뻗어내는 자가 보인다. 굳이 알려고 하지 않아도 유리붕권임을 알 수 있었다.

쉭.

용악의 손이 사내의 손을 잡았다.

사내는 놀란 눈으로 손의 주인을 쳐다봤다. 이어질 공격에 대비하기 위해서였다. 하나 손의 주인은 그를 그냥 지나쳤다.

"무스… 컥!"

뿌득. 용악은 사내의 몸속에 일흡 나선투를 심고 다음 소모품을 향해 움직인 것이다.

몇 걸음 움직이지 않고 또 한 명을 봤다.

도를 사용하는 자로, 도절과 비교하면 어린애 수준에도 이르지 못한 자였다.

용악은 가볍게 지나치며 도신을 잡았다 놓았다.

뿌득.

도의 주인은 전신이 꽈배기처럼 꼬이다 그대로 정신 줄을 놓았다.

용악의 손속은 빠르고 정확했다.

두 명을 처리한 후 그들의 일행으로 보이는 자들을 찾아 처리하는 데에 걸린 시간은 일각이 채 걸리지 않았다.

어느새 먼지구름은 많이 걷힌 상태가 됐고 장내의 상황을 모두 볼 수 있게 됐다.

"헉헉……."

강완이 격하게 숨을 몰아쉬며 경계하는 눈으로 주위를 살폈다. 순식간에 아수라장을 만들었던 점을 감안하면 결코 긴장을 늦출 수 없는 까닭이다.

여의단의 무인들은 용악과 도절의 싸움으로 만들어진 거대한 구덩이 주위에 모두 몰려 있었다.

그들의 발밑.

무려 육십여 구에 달하는 시체가 늘어져 있었다. 잠깐 사이에 여의단의 무인들이 무려 사십여 명이나 죽임을 당한 것이다.

"아……."

누군가의 입에서 탄식이 흘러나왔다.

손 한 번 제대로 쓰지 못하고 죽은 동료들을 보며 무인들은 스스로의 무력감에 치를 떨었다.

강완은 특히 자괴감이 심하게 들었다.

이 정도 인원이라면 충분히 제압할 자신이 있었으나, 실제로 접해본 도절을 비롯한 나머지 이십여 명의 무공은 인원수와 무관했다.

강완의 시선이 용악에게로 향했다.

용악이 아니었으면 전멸이었다.

"번……."

강완은 용악을 부르려다 멈췄다.

부용과 죽영이 한쪽에 서 있었다.

"가자."

용악이 한마디 건네자, 두 남녀는 공손히 '예'라는 대답과 함께 움직였다. 마치 용악을 모시는 하인들 같았다.

강완은 떠나가는 용악에게 제대로 된 인사 한마디 건네지 못하고 그렇게 보내야 했다.

＊　　　＊　　　＊

"도절은 도망쳤고, 나머진 전멸했답니다."

"……!"

짤막한 악지군의 보고에 외혁우의 표정이 일그러졌다.

소모품이 열이든 백이든 죽어도 상관없었다. 아니, 그보다 더한 것도 상관없었다. 하나 십인회를 구성하는 열 명 중 한 명이 도망쳤다는 소문이 나면 곤란했다.

"어디냐?"

도절을 도망치게 만든 세력을 묻는 것이다.

"그것이……."

악지군이 대답하길 머뭇거렸다.

“여의단이었느냐?”

“여의단뿐만 아니라 정검련의 고수도 그 자리에 있었다는 보고입니다.”

“정검련? 도절이 있었다면 여의단이든 정검련이든 상관없었을 텐데?”

외혁우는 악지군의 느린 설명을 참지 못하고 되물었다.

“소모품들은 여의단의 무리들과 싸웠습니다.”

“도절은?”

“한 명을 상대하느라⋯⋯.”

“한 명?”

악지군의 황당한 대답은 외혁우로 하여금 다그치는 것도 잊게 만들었다.

“번천수 용악이란 자입니다.”

“⋯번천수 용악?”

외혁우는 이름을 되뇌어봤지만 딱히 생각나는 이름이 없었다.

“그자입니다, 혁련세가를 초토화시킨. 황보세가의 식객이란 자였습니다. 궁의 호법들을 물리칠 때도 있었던⋯⋯.”

“놈이다!”

외혁우의 눈이 크게 치떠졌다.

쾅!

두 사람이 앉은 탁자가 반으로 갈라졌다.

‘놈? 아시는 자인가?

갑작스런 외혁우의 행동에 악지군은 눈알을 빠르게 굴렸다.

“그놈이 강서에 있었어? 가만, 그럼 빙절은? 태산으로 간 빙절에 대한 소식이 들어왔느냐?”

“사부님, 그자를 아십니까?”

악지군은 외혁우의 머릿속을 따라가지 못하고 용악에 대해 되물었다.

“빙절! 빙절의 소식에 대해 묻지 않느냐!”

외혁우의 눈에 살기가 번들거리며 악지군을 몰아붙였다. 여기서 말 한마디 잘못하면 머리통이 박살 날지도 몰랐다.

“최, 최대한 빨리 알아오겠습니다!”

악지군은 이마로 바닥을 찍고는 재빨리 방을 나섰다.

외혁우의 살기 어린 표정은 악지군이 방을 나선 후에도 한동안 거두어지지 않았다.

“놈이다, 혈강시를 부리던 놈……."

외혁우는 잠시 생각을 멈췄다가 다시 읊조렸다.

“그 녀석이 황보세가의 식객이었다고? 혈강시를 부리던 녀석이? 도대체 녀석의 정체가 뭐지? 혈교와도 관련이 있고 장제와도 관련이 있다? 혈교, 황보세가, 장제… 이 셋의 관계부터 파악해야겠다. 도절, 멍청한 작자 같으니! 되도록 정검련과 묵도는 피하라고 그리 말했거늘.”

외혁우는 질린다는 표정으로 고개를 흔들다 다시 생각에
잠겼다.

"아니지… 황보세가에 그 녀석이 없다는 건 장제 혼자 빙
절과 싸운다는 뜻? 흐음, 어쩌면……."

외혁우는 장제의 실력을 의심하지 않았다. 하나 빙절은 소
모품 이십여 명과 함께 갔다.

황보세가가 어느새 십일대세가의 수장 역할을 하고 있다고
는 해도 장제 혼자서는 빙절 등을 모두 상대하기 힘들 것이다.

"빙절이 마무리를 짓지 못한다고 해도 나머지는 파천마궁
에 맡기면… 후후후."

악지군을 이용해 황보세가의 소식을 전하면 파천마궁주는
뒤도 안 돌아보고 나설 게 틀림없었다. 그럴 때 파천마궁을
치면 십인회의 총단이 생기는 것이다.

"후후후. 이렇게 되면 도절이 도망친 것이 오히려 득이 된
셈인가?"

외혁우의 바짝 곤두섰던 신경이 누그러졌다.

전화위복(轉禍爲福)이란 이럴 때를 가리키는 말이 분명했
다. 도절로 인해 위기를 맞이할지도 모르게 된 십인회가 오히
려 복을 들이게 됐기 때문이다.

第五章
황보세가의 위기

천산마제

산동성 태산 중턱의 황보세가.

황보소소가 옮긴 거처는 유난히 하늘이 잘 보였다.

신공장이 이것저것 장식을 해주려 했으나 황보소소는 모두 거절하고 담백하게 지냈다.

용악이 떠난 지 벌써 두 달 가까이 지났다.

하늘은 파리한 안색을 하고 있었고 그 위를 하얀 구름이 지나쳐 갔다.

"어떻게 지내시는지……."

황보소소는 자신도 모르게 중얼거렸다.

하늘을 자유롭게 떠다니는 하얀 구름이 용악처럼 보였다.

많이 보고 싶었다. 손을 모아 하얀 구름을 손 안으로 옮기는 시늉을 했다. 담아질 거란 착각을 하는 이 순간만큼은 웃을 수 있기 때문이다.

"소소야."

황보소소가 돌아서자, 헌원경이 방문을 열고 안쓰럽게 보고 있었다.

"할아버지, 오셨어요."

"……."

헌원경은 황보소소의 미소를 기대했다가 낮은 한숨을 내쉬었다.

'저 얼굴에 근심이라니. 괘씸한 놈.'

헌원경은 용악이 앞에 있었으면 입과 턱을 뒤로 돌아가게 만들고 싶어졌다.

"아무리 아름다운 꽃도 향기가 나야 하는데……."

"할아버지, 왜 또 그러세요. 전 괜찮아요. 호호호. 봐요, 웃잖아요."

애써 웃는 황보소소가 헌원경은 더 안쓰러웠다.

"그 젊은 것들… 뭐라더라, 용봉? 아무튼 그것들 중에는 마음에 드는 녀석이 없느냐? 용악이란 놈은 이참에 잊고……."

"오늘의 황보세가가 있도록 해준 고마운 사람이에요. 그런 말씀은 하지 말아주세요."

황보소소는 정중했다. 헌원경으로 하여금 누군가를 연상

케 할 정도로 많이 닮은 모습이었다.

'놈에게 이상한 건 배워서… 겉으로 볼 땐 한없이 여려 보이는 녀석이지만 이럴 때 보면 또 당차지. 허허허. 그래서 예뻐하지만.'

헌원경은 황보소소를 아꼈다.

풍뢰신장을 익히기 위해서는 기초부터 차근차근 올라가야 하지만 상황은 그것을 허락하지 않았다.

먼저 해결해야 할 과제는 황보소소의 몸이었다.

무공을 익힌 적이 없다는 것은 장점이자 동시에 단점인 까닭이다.

'신공장 늙은이 말을 믿는 것이 잘하는 짓인지…….'

신공장이 어제 헌원경을 찾아와 황보소소를 고수로 탈바꿈시킬 방법을 알려주었다. 있을 수 없는 일이라고 했으나 신공장은 헌원경의 품을 쳐다봤다.

강호 사상 최대의 마인으로 불리던 천마의 유물 중 하나인 마문정.

지니기만 하고 있어도 내공의 증진은 물론 피화피수의 효능을 지닌 기물이었다. 물론 천마의 무공을 익힌 자들에 한해서일 것이다.

'내겐 소용이 없지만 신공장 늙은이의 말대로라면 가능하지 않을까?'

신공장이 마문정을 황보소소에게 주자고 했을 때는 완강

히 거부했으나 하루 만에 생각을 바꾸었다.

신공장은 천마가 마문정을 중요시 여긴 데에는 이유가 있다고 했다. 천마를 무적의 내공을 지닌 인간처럼 만들어준 기물이 바로 마문정이라는 것이다.

헌원경은 신공장이 무슨 말을 할지 알고서 거절했다.

그러자 신공장은 마문정에 마기가 없을지도 모른다는 이상한 말을 꺼냈다.

"마문정은 나도 지니고 있어봤지 않은가. 마문정은 그저 지니고 있는 자의 힘을 증폭시켜 주는 기물이지, 마기를 증폭시켜 주는 마물이 아닐지도……."

뒷말을 흐리긴 했지만 헌원경도 어느 정도는 공감하는 부분이었다. 하나 헌원경은 만일의 경우를 생각하지 않을 수 없었다.

마문정을 통해 전해진 기운이 황보소소에게 해를 끼치게 될 수도 있기 때문이다.

그런 헌원경에게 신공장은 한 가지를 제안했다.

헌원경과 신공장, 돈오삼검이 있는 자리에서 황보소소의 체질을 변화시키자는 제안이었다.

심각하게 고민해야 했던 데에는 이유가 있었다. 최근 황보세가는 무서운 속도로 발전했다. 하나 발전과 달리 황보세가가에는 대표할 고수가 한 명도 없었다.

혁련세가를 제외한 십대세가의 지원에 이어, 용봉들은 일이 있으면 거리와 상관없이 황보세가에 와서 친목을 나누었다.

또한, 여의단 산동 지부 무인 중 몇몇은 아예 황보세가에서 먹고 자며 자리를 잡았다.

황보성은 그들을 맞이하며 조금도 움츠러들지 않았지만, 얼마나 갈지는 아무도 예측할 수 없었다.

황보성 대신 황보소소가 그들을 다뤄야 했다.

'지금은 때가 좋지 않구나.'

헌원경은 말해주고 싶은 마음이 목까지 올라왔으나 끝내 말을 하진 않았다.

*　　　*　　　*

태산이라고 초입부터 길이 험한 것은 아니었다.

부러진 돌들을 걷어차며 오십여 명의 등짐꾼이 길을 재촉했다.

"도대체 얼마나 더 가져와야 하는 거야? 황보세가도 너무하는 거 아니야?"

앞니가 유난히 큰 세모꼴 눈의 사내가 투덜거리자 너도나도 한마디씩 입을 모았다.

“쉿. 자네, 잘리고 싶어? 다른 세가들은 더 가져오고 싶어도 못 가져오는 것 몰라?”

앞섬을 열어젖힌 건장한 중년인이 사람들을 진정시키려 했다.

열흘에 한 번 꼴로 오는 길이 그라고 좋을 리 없지만, 황보세가에서 묵가와 예가의 지원만 받아들이겠다고 한 걸 어쩌란 말인가?

오늘은 황보세가의 무인들에게 입힐 무복이라 그나마. 무겁지는 않았다.

그때였다.

“어라?”

세모꼴 눈의 사내가 앞쪽을 보며 눈을 빛냈다.

홀로 태산을 오르는 한 여인이 있었다.

백의를 입고 발걸음은 그리 빠르지 않아 보였다.

덩치 좋은 중년인에게 서둘러 가자고 말해봐야 고운 소리가 나오지 않을 걸 알기에 옆 사람들을 쿡쿡 찔러 앞서 가자는 신호를 보냈다.

“이봐, 뭐 하는 거야?”

덩치 좋은 중년인도 이미 여인을 본 후였다.

세모꼴 눈의 사내가 왜 서두르는지도 알고 있었다.

그저 지나치며 얼굴 한번 보려는 것이다.

알기에 손을 올렸다가 다시 내렸다.

다섯 명의 짐꾼은 여인에게 다가갔다가 지나치며 고개를
돌렸다. 처음엔 덩치 좋은 중년인도 웃기만 했다. 하나 봤으
면 지나쳐야 하는데 여인이 걸어가는데도 다섯 명의 짐꾼은
움직일 생각이 없어 보였다.

저 정도의 반응은 지나쳤다.

덩치 좋은 중년인은 한숨을 내쉬며 고개를 가로저었다. 그
리고는 서둘러 그들에게 다가갔다.

"이보게들, 왜… 헉!"

덩치 좋은 중년인은 세모꼴 눈의 사내를 만졌다가 기겁을
하며 손을 뗐다.

"왜 그러시우?"

"어, 얼……."

덩치에 맞지 않게 중년인은 말까지 더듬으며 공포에 질린
표정이 됐다.

"으헉! 그, 그 여자가……."

덩치 좋은 중년인의 반응을 무시했던 다른 일행이 세모꼴
눈의 사내를 만졌다가 같은 반응을 보였다.

다섯 명은 모두 얼어 있었다.

일행 중 누구도 여인이 손을 쓰는 것을 보지 못했다.

"그러게 길이나 얌전히 갈 일이지."

"……?"

덩치 좋은 중년인은 갑작스런 소리에 화가 나서 돌아봤다.

푹!

무언가가 배를 뚫고 나왔다.

날카로운 창날이었다.

나머지 짐꾼 사십여 명이 몰살당하는 데 걸린 시각은 채 이각이 걸리지 않았다.

탁탁.

이십 명 정도로 보이는 무인들 손에는 각기 다른 무기들이 들려 있었다. 그중 손을 턴 자는 호리호리한 체격에 창을 든 자였다.

"혼자 잘났군."

사내, 잠우는 외혁우로부터 빙절과 함께 태산을 쓸어버리라는 지시를 받았다. 빙절의 태도가 마음에 들지는 않지만 얼어 죽기 싫으니 티를 내진 못했다.

황보세가의 정문을 지키고 있던 혈랑대원 오근과 근대는 구징효를 따른 자신들의 선택에 무척이나 뿌듯해하고 있었다.

낭인으로 생을 마감해야 할 팔자에서 황보세가의 정식 위사가 된 것이다.

"근대, 너는 앞으로 이 형님만 잘 따르면 된다."

"알았다, 오근."

"오 위사! 근대 말투가 그게 뭐냐, 이 개잡놈아."

“큭큭. 오! 위사, 알았다.”

두 사람은 뭐가 그리 좋은지 연신 킥킥대기만 했다.

그때, 정문 앞쪽을 지켜보고 있던 근대가 고개를 돌리며 입을 쩍 벌렸다.

“저, 저……”

“흐흐흐. 근대, 뭐?”

“저, 저……”

“네 장난……”

오근은 안 속는다는 표정으로 곁눈질해 정문 앞쪽을 보다 그대로 굳어버리고 말았다.

오근의 표정 역시 근대와 별반 다르지 않게 됐다.

정문을 향해 걸어오는 선녀 한 명이 있었다.

백의에 전신의 피부가 투명한 여인.

여인은 몇 걸음 더 다가와 황보세가 정문 위를 올려다보고는 정문을 지키는 위사 둘을 쳐다봤다.

오근과 근대는 여인을 보는 순간부터 그때까지 눈을 떼지 못했다.

“더러운……”

여인은 빙절이었다. 주루에서 점소이가 음식을 쏟았다는 이유 하나로 주루를 통째로 얼려 버린.

“여기가 황보세가 맞느냐?”

여인은 대뜸 반말로 물었다.

“마, 맞습니다. 저는 위사…….”

“모두 몇 명이나 있지?”

“예?”

근대는 여인의 질문을 잘 이해하지 못하고 되물었다.

여인의 미간이 살짝 찌푸려졌다.

“안에 몇 명이나 있냐고.”

“아, 예… 그러니까…….”

“이백 명은 될 겁니다, 소저.”

근대가 대답하기 전에 오근이 재빨리 나섰다. 나름대로는 점수를 따기 위한 행동이었으나 여인이 듣기엔 오근의 목소리가 너무 컸다.

“알았다.”

여인은 짧게 대답한 후 안으로 들어가려 했다.

“저, 소저, 잠시 기다리십시…….”

쩡!

빙절을 잡으려던 오근과 근대가 그 자리에서 굳어버렸다. 얼어버린 두 사람의 뒤쪽으로 하얀 서리가 문을 타고 올라갔다.

그 뒤를 따라 잠우가 이십여 명과 함께 들어섰다.

잠우는 황보세가로 들어가며 주위를 둘러보았다.

공사에 여념이 없던 사람들이 일제히 빙절을 돌아보고 있었다.

“흐흐흐. 난, 이런 게 좋아. 나를 주목하는 저 눈들을 보라고.”

다들 빙절을 보고 있다는 것을 알면서도 잠우는 스스로 최면을 걸었다. 창좌의 무공을 익힌 이래 한 번도 자신을 드러낸 적이 없었다.

그런 그를 외혁우가 찾아왔다. 십천좌의 무공을 세상에 알릴 때가 왔으니 도와달라고 했다. 틸 기회만 기다리고 있던 그에겐 최고의 제안이 아닐 수 없었다.

“먹잇감 결정.”

잠우의 시선이 정문 왼쪽에 있다 일어나는 한 중년인 사내에 닿았다. 빙절을 보고도 별로 놀라지 않는 태도가 마음에 든 것이다.

중년인은 탄탄한 체구와 검상이 난 얼굴을 하고 있었다.

“이봐, 한 수 있어 보이는데?”

잠우가 다가가며 말을 건넸으나 중년인은 처다보지도 않았다.

“사람 말이 말 같지 않나?”

잠우의 목소리에서 살기가 드러나자 그제야 중년인의 고개가 돌려졌다.

중년인은 용악이 떠난 뒤로 무료한 시간을 보내고 있던 구징효였다.

“쿵. 저 계집이 끌고 다니는 개냐?”

“…뭐?”

“너, 개냐고. 귀 처먹었냐?”

“…….”

“큿. 황보세가가 좀 유명해지니까 이젠 개나 소나 잡것들을 끌고 나타나는군.”

“좋아, 아주 좋아.”

잠우는 구징효의 태도가 너무도 만족스러웠다.

함께 들어온 이십여 명 중 다섯 명은 빙절을 따라 안으로 향했고, 나머지 인원은 구징효와 잠우의 싸움을 지켜보며 멈춰 섰다.

“큭. 그렇게 좋냐, 곧 뒈질 놈이?”

“미리 말해두는데, 내가 사용할 무공은 단룡창이다.”

잠우는 손에 든 창을 빙글 돌린 후 구징효의 심장을 향해 겨눴다.

“용이 들어간 걸 보니 대단한 창법이겠구나.”

구징효는 코웃음 쳤다.

잠우의 말 자체를 그다지 듣고 싶지 않은 투였다.

“이름이 좀 있는 자였으면 좋겠구나. 이름이 뭐냐?”

“크큭. 애송아, 귀찮게 하지 말고 와라. 너 말고도 상대할 개들이 꽤 되니까.”

구징효가 고갯짓으로 뒤쪽을 가리켰다.

잠우는 더 이상 참지 못하고 창을 뻗었다. ‘쉭’ 하는 소리와 함께 창이 앞으로 쑥 빠져나왔다. 구징효는 고개를 옆으로 돌려 피하며 창을 잡아갔다.

평!

"……!"

구징효는 찌릿한 손을 매만지며 놀란 눈이 됐다.

창을 잡으려는 순간 창이 휘어지며 오히려 구징효의 손을 때린 것이다.

"이젠 제대로 할 마음이 생겼나?"

잠우가 이죽거렸다.

구징효는 픽, 웃었다.

붕― 붕―

연이어서 창이 허공을 갈랐다.

이번엔 구징효도 신중하게 창끝을 쳐다봤다.

신기한 현상이 잠우의 손끝에서 펼쳐지고 있었다.

창끝을 잡은 손가락은 두 개뿐인데 찌르기와 휘두르기가 가능했다. 그제야 구징효는 무공 명이 왜 단룡창인지 깨달았다.

잠우의 창법은 끝단을 이용하는 것이다.

모를 땐 당황하지만 알면 상대할 방법은 얼마든지 있었다.

다시 이어진 잠우의 창.

구징효의 신형이 갑자기 빨라졌다.

제자리에서 창을 피하는 것이 아니라 발을 썼다.

옆으로 돌아 창을 피한 구징효의 신법은 신속했다.

피하고 난 구징효의 입가에 미소가 얹혔다.

"내가 이걸 익히느라 그동안 맞은 걸 생각하면… 크크큭."

"……!"

잠우는 구징효의 자신감 어린 웃음을 접하자 기분이 나빠졌다.

훙!

창이 옆으로 휘어지며 구징효를 때렸다.

팡!

"안 된다니까."

구징효는 권으로 창을 때려 막으며 곧장 몸을 이동시켜 잠우의 손가락을 노리고 대붕을 날렸다.

쾅!

"어?"

구징효의 입에서 엉뚱한 목소리가 나왔다.

손이 우그러진 채 날아갔어야 하는 잠우가 겨우 세 손가락만으로 대붕을 막아낸 것이다.

"큭."

무사하진 못했는지 잠우가 신음을 흘렸다.

기회를 놓칠 구징효가 아니었다.

쾅!

주춤거리며 선 잠우의 옆구리를 그대로 몸통으로 들이받

고는 쓰러지기 전에 권을 있는 힘껏 휘둘렀다.

쾅!

구징효와 잠우의 신형이 양쪽으로 갈라져 굴렀다.

"큭. 막았나?"

구징효는 재빨리 일어나며 잠우를 노려봤다.

구징효의 몸통은 돈오 덕분에 무기처럼 사용할 수 있게 된 상태였다. 그런 무지막지한 몸통을 잠우는 고스란히 격중되고도 일어나고 있었다.

"저것들도 다… 너 같냐?"

잠우 정도의 고수들이냐는 질문이었다.

잠우는 대답 대신 손으로 구징효를 가리켰다.

"죽여… 죽여!"

잠우의 외침에 소모품들 중 셋이 나섰다.

"너희들은 누구기에 황보세가에서 이런 소란을 피우는 거나!"

제갈기와 십여 명의 고수가 소란을 듣고 달려온 것이다.

"조심해라. 강한 놈들이다."

"네놈에게나 강하겠지. 쯧."

구징효의 말이 끝나기 무섭게 허공에서 한 명이 떨어져 내렸다.

"쿵. 잘 오셨소, 두 분. 이제 해볼 만하겠군."

구징효는 두 사람의 등장에 인상을 폈다.

그동안 두 사람으로부터 받은 수많은 고통을 이 순간만큼은 깨끗이 잊어버릴 수 있었다.

헌원경은 다가오는 빙절을 보며 눈살을 찌푸렸다.

"금지된 무공을 익혔군."

빙절의 전신에서 흘러나오는 냉기는 아주 강렬했다.

십천좌의 무공 중 네 가지를 접해본 헌원경이었다.

빙절의 몸에서 풍겨 나오는 기운의 강렬함만 갖고도 쉽게 유추할 수 있었다.

"당신이 장제?"

빙절의 질문은 무척 간단했다.

빨리 죽이고 돌아가야 하니 시간을 아끼자는 투였다.

"한음투골조… 듣기는 했지만 직접 보는 건 처음이군. 세상이 좋아졌다고 해야 하나? 금지된 무공을 익힌 자가 당당히 활보할 수도 있고. 허허허."

"금지는 한음투골조를 시기한 자들이 만든 변명이고, 내겐 더없이 고마운 무공이다. 전부 다 죽일 수 있었으니까."

빙절의 눈에서 한기가 뻗어 나왔다.

"전부 다?"

"나를 짓밟고 내 가족을 짓밟은 자들… 대막의 짐승 같은 놈들 전부."

빙절에게서 냉기보다 더욱 차가운 살기가 거세게 일어났

다. 한(恨)의 깊이를 고스란히 느낄 수 있게 해주는 한마디였
다.

"대막에 여제 한 명이 나타났다고 하더니 그대였던 모양이
군. 하나, 아무리 한이 깊어도 금지된 무공은 익히지 말았어
야 했네. 황보세가로는 더더욱 오지 말았어야 했고."

'황보세가?'

빙절은 의외라는 눈빛으로 헌원경을 쳐다봤다.

그녀가 알고 있는 헌원경은 자신밖에 모르는 이기적인 독
불장군이었다. 그런 사람의 입에서 그 자신이 아닌 황보세가
가 먼저 나왔다.

헌원경을 보는 순간 느꼈던 위압감이 어느 정도 해소되었
다.

고오오―

헌원경의 양손이 하늘을 향해 열렸다.

풍뢰신장을 처음부터 펼치겠다는 뜻이었다.

"전부 부숴."

빙절은 힐끗 뒤를 돌아보며 늘어서 있는 소모품들에게 명
령했다.

갑작스런 명령이었는지 소모품들은 어떤 반응을 보여야
할지 몰라 우두커니 서 있었다.

"내가 아는 장제는 자기밖에 모르는 사람인데… 이젠 지킬
것이 생긴 모양이군. 약점을 알고도 이용하지 않으면 안 되

겠지?"

빙절은 소모품들에게 한 말이 아니었다. 하나, 듣고 있던 소모품들은 그제야 이해하고 빠르게 옆 건물들로 움직였다.

"감히!"

헌원경의 눈에서 불길이 일며 다섯 명의 소모품을 향해 장력을 발출했다.

그 순간을 놓치지 않고 빙절이 손을 뻗었다.

쩌저적.

빙절의 발아래서부터 헌원경이 서 있는 곳까지 순식간에 땅이 얼자, 빙절은 한 발로 뒤쪽의 얼지 않은 땅을 차고서 미끄러졌다.

엄청난 속도에 이은 백색 공포 한음투살조가 헌원경의 가슴을 사선으로 그어버렸다.

좌악!

허공까지 얼려 버릴 것 같은 무시무시한 한기가 헌원경을 휘감았다.

헌원경은 급히 상체를 뒤로 젖혀 피한 후 풍뢰신장을 펼쳤다.

쾅!

한음투살조를 밀어낸 헌원경은 재빨리 몸을 피하며 다섯 명의 소모품을 돌아봤다.

두 명은 풍뢰신장에 맞아 나가떨어졌으나 세 명은 모습이 보이지 않았다.

'소소야!'

세 명이 들어간 곳은 황보소소가 머무는 건물이었다.

다급한 헌원경의 눈빛을 읽은 빙절은 선기를 놓치지 않고 계속해서 공격해 들어갔다.

쩡! 쾅!

허공을 찌른 얼음 창과 땅을 때린 한음투골조가 굉음을 내며 부르짖었다.

실패한 공격들은 곧바로 사방을 얼음 천지로 만들었고, 빙절은 그 위를 자유자재로 이동하며 정신없이 공격해 들어갔다.

펑!

문 부서지는 소리가 들리자마자 황보소소는 재빨리 방문이 아닌 창문을 열었다.

헌원경이 웬 여인과 싸우고 있었다. 한데 일방적으로 당하는 것 같은 모습이었다.

"할아버지……."

그제야 누군가 황보소소를 노리고 올라오고 있는 상황이란 것을 깨달았다.

그림자가 보인다 싶은 순간 그대로 방문을 뚫고 들어왔다. 황보소소는 그들의 모습을 똑바로 응시했다. 십대세가 어디에서도 볼 수 없는 복장이었다.

"막아."

황보소소가 짧게 말하자, 가장 먼저 달려드는 사내를 가로막으며 두 개의 검은 인영이 나타났다.

퍽!

"윽!"

황보소소를 잡았다고 여긴 사내는 묵직한 충격을 고스란히 머리로 감당하며 뒤로 넘어졌다. 이어서 두 명이 방 안으로 더 들어왔고 검은 인영을 보고 주춤 뒤로 물러섰다.

"강… 시?"

두 사람의 입에서 동시에 말이 흘러나왔다.

"방(防)!"

황보소소가 당차게 소리치며 혈강시 두 구의 뒤쪽에서 자세를 잡았다.

그러자 놀라운 일이 벌어졌다.

혈강시 두 구가 배우기라도 한 것처럼 황보소소와 똑같은 자세를 취했다.

세 명의 소모품은 황당하단 눈으로 황보소소와 혈강시 두 구를 쳐다봤다.

"맨 주먹이라 이거지?"

한 사내가 웃으며 양손을 쥐었다.

유리붕권을 익힌 사내였다.

“핫!”

기합과 함께 사내는 힘껏 양손을 떨쳤다.

퍼버벅!

혈강시 두 구는 사내의 주먹을 고스란히 몸으로 막으면서도 꿈쩍도 하지 않았다.

“뭐 이런 괴물… 같이 공격합시다.”

뒤쪽에 선 사내 둘이 각자의 무기를 꺼냈다. 한 명은 도를, 한 명은 도끼를.

사내 셋은 황보소소가 혈강시를 이용해 막기만 할 수 있다는 것에 뜻을 모은 것이다.

셋이 좁은 방 안에서 몸을 날리자 황보소소의 눈빛이 번쩍이며 빛을 냈다.

“방! 방!”

황보소소는 외침과 함께 자세를 옮겼다. 정면에서 좌우를, 좌로 옮긴 자리에서 다시 좌우를, 같은 식으로 네 번 연속 펼쳤다.

콰쾅!

“가, 강시가 공격을!”

혈강시를 허수아비라고 여겼던 세 사내에겐 재앙이었다. 자세를 잡은 혈강시의 손에서 무서운 기운이 쏟아지며 세 사람을 공격한 것이다.

세 사내는 기겁하며 출수를 거두려 했으나 때는 이미 늦은 후였다.

퍼펑!

격타음과 함께 세 사내가 창문을 뚫고 밖으로 떨어졌다.

"할아버지!"

사내들이 창문을 뚫고 나가자 밖의 광경이 보였다.

헌원경이 빙절의 공격을 막다가 황보소소를 돌아보고 있었다.

황보소소의 앞을 지키고 있던 혈강시가 사라졌다.

쾅!

"이 무슨……."

헌원경은 기척도 없이 나타나 자신 대신 얼어버린 혈강시 두 구를 어이없는 눈으로 쳐다봤다.

"강시?"

빙절은 회심의 공격을 막은 혈강시 두 구를 보며 인상을 썼다.

"괜찮으세요, 할아버지?"

황보소소가 창문 밖으로 모습을 드러내며 물었다.

"할아버지? 손녀인가?"

빙절이 냉랭한 눈길로 황보소소를 돌아봤다.

"갈!"

헌원경은 빙절이 황보소소를 보는 순간 피가 거꾸로 솟으며 곧장 손바닥을 뒤집었다.

쿠르르!

풍뢰신장 삼초식 풍운번천이 으르렁거리며 빙절이 만든
얼음을 부수더니 허공으로 솟구쳤다. 거대해진 풍뢰신장은
곧바로 빙절을 향해 떨어졌다.

"……!"

빙절은 분노한 헌원경의 전력을 다한 공격에 안색이 크게
변하며 급히 신형을 뒤쪽으로 미끄러뜨렸다. 그 와중에도 연
신 허공을 향해 손을 휘저었다.

한음투골조로 만들어진 수십 개의 얼음 조각들이 암기처
럼 헌원경을 향해 날아갔다.

쿠— 왕—!

연무장으로 사용하려 했던 공간이 터져 나가며 먼지가 회
오리처럼 휘돌았다.

헌원경은 빙절이 마지막 순간에 날린 암기를 전부 막지 못
하고 뒤로 두 걸음이나 물러나야 했다.

"도망치겠다고? 어림없다!"

장제는 신형을 솟구치려다 창문으로 바라보고 있던 황보
소소와 눈이 마주쳤다. 자리를 비울 수 없었다. 더구나 정체
모를 혈강시의 출현도 궁금했다.

"헛!"

분명 마지막 공격을 할 때까지 그 자리를 지키고 있던 혈강
시 두 구가 모습을 감추고 없었다.

"할아버지, 괜찮으시죠?"

"그, 그래."

"……."

황보소소는 헌원경이 뭘 찾는지 알고 있었지만 설명을 해 줄 수 있는 상황이 아니었다.

"그 여인은요?"

"나중에 오늘 일을 이자까지 쳐서 톡톡히 받아낼 것이다. 일단 사람들부터 구하자꾸나."

헌원경은 가벼운 손짓으로 황보소소를 허공에 띄운 후 따라오게 만들었다.

'최대한 빨리 전해야겠다.'

파천마궁의 호법들에 이어 벌써 두 번째였다.

앞으로 또 무슨 일이 벌어질지 알 수 없었다. 그때마다 헌원경이 직접 황보소소와 황보성을 보호할 수만은 없었다.

정문 근처에선 아직도 싸움이 벌어지고 있었다.

빙절이 데려온 자들 중 한 명을 상대하기 위해 십대세가의 용봉이 데려온 무인들이 떼로 달려든 형태였다.

"네놈들의 주인이 도망친 것도 모르고 아직까지 이러고 있을 테냐!"

헌원경은 거대한 고함을 지르고는 소모품 중 한 명의 머리를 쥐며 땅으로 떨어져 내렸다.

"으으으……."

소모품 중 한 명은 이마가 깨질 듯한 고통에 그대로 주저앉고 말았다. 나머지 소모품들은 헌원경의 말에 빙절이 혼자 도망친 것을 알고 급히 사방으로 흩어져 도망치기 시작했다.

뿌득!

헌원경은 가볍게 손에 든 것을 내던진 후 주위를 둘러보았다.

수십 명에 달하는 사람들이 죽었다.

"헌원 늙은이, 조금 전에 한 말… 그 얼음귀신 같던 여자가 자네 손에서 도망쳤다는 말이 사실인가?"

신공장이 나서며 묻자, 다들 헌원경을 돌아봤다.

"허허허. 대막여제였네. 금지된 무공을 익히고 있더군. 그것도 풍운번천까지 펼쳐야 할 정도로 높은 경지까지 말이네."

"……!"

신공장은 더 이상 되묻지 못했다.

헌원경이 풍운번천을 한 사람에게 펼쳤다는 것도 놀랍지만, 놓쳤다는 사실이 더욱 놀랍기 때문이다.

"내가 알려준 건 어디다 까먹고 그렇게 굼벵이처럼 움직이는 거냐?"

돈오가 구징효에게 다가가며 특유의 무표정으로 한마디 건넸다.

"큿. 제대로 알려줬으면……"

“굼벵이.”

돈오가 한마디 했다.

“굼벵이였구만.”

신공장이 바로 이어서 한마디 거들었다.

구징효가 뭐라고 대들려 할 때였다.

“두 사람은 날 좀 보세.”

헌원경이 신공장과 돈오를 부르며 먼저 안쪽으로 들어갔
다.

“……”

“……”

신공장과 돈오의 시선이 마주쳤다.

헌원경이 무슨 말을 할지 두 사람은 알고 있는 까닭이다.
물론 심각한 표정은 신공장의 얼굴에만 드러났다. 돈오의 얼
굴은 여전히 무표정했다.

세 사람이 안으로 들어가자 구징효는 입맛을 다시며 정문
쪽을 돌아봤다.

“나타나나 했더니……”

얼어버린 정문으로 들어올 것 같은 한 사람을 기다리는 것
이다, 떠나 버린 용악을.

第六章
사림이종의 주인

천산마제

정검대신루 안에 용악과 검왕이 나란히 앉았다.

고요를 깬 바람이 두 사람 사이를 지나치지 못하고 잠시 머
물렀다 떠났다.

"좋군."

검왕은 입에서 찻잔을 떼며 입을 열었다.

용악도 차를 한 모금 마셨다.

"좋네요."

"허허허."

검왕은 용악과 이렇게 마주앉아 담소를 나눌 수 있다는 것
이 무척이나 신기한 모양이다. 자꾸만 용악을 보며 웃었다.

천산마제라는 것이 믿기지 않을 만큼 약해져서 나타나 걱정을 시키더니, 며칠 만에 예전과 다름없는 모습을 보이며 마주하고 있었다.

"십천좌의 무공을 사용하는 자들이 강호에 있는 줄은 알았지만 그토록 많을 줄은 생각도 못했네."

"숫자만 많았습니다."

"얘길 들으니 꽤나 거친 싸움이었다고? 일부러 봐준 건가?"

검왕은 싸운 얘기를 듣고 싶은 얼굴이었다.

그 모습에 용악은 머쓱한 표정으로 이마를 긁고는 말을 받았다.

"일곱 기벽을 사용해서 놈의 공격을 막기만 했지요. 소리가 요란해서 그렇게 봤을 수 있습니다."

"막기만 했다? 혹시 아직도……."

"치료 후에 몸이 좀 달라져서 적응할 필요가 있었습니다. 이번에 봤던 자는 자신을 도절이라고 부르더군요."

"도절?"

"도좌의 무공을 익혔더군요. 십인회라고 해서, 십천좌를 본 따서 만든 세력까지 갖추고 있는 모양입니다. 실력들이 상당합니다. 만약 정군산에 처음 왔을 때의 저라면 상대하느라 고생했을지도 모르겠습니다."

"허! 십인회?"

담담한 용악의 말에 검왕은 낮은 한숨을 내쉬었다.

언제 천산을 넘어올지 모르는 육천좌만 해도 검왕에겐 벅찬 상대들이었다.

"왜 검왕만 오셨습니까?"

"……?"

"천산에요."

"……."

검왕은 용악을 물끄러미 바라봤다.

용악이 무슨 말을 하고 싶은지 잘 알고 있었다.

검왕이 왜 혼자서 십천좌를 막으러 갔는지 이유를 묻고 싶은 것이다.

검왕은 웃었다.

그 이유를 말하자니 망설여지기 때문이다.

"허허허. 혼자서도 가능하다 여겼으니까. 오백 년 동안 이어져 온 천강의 맥을 이은 나라면 혼자서도 가능하다 여긴 게지."

검왕은 말을 마치고 씁쓸한 표정으로 찻잔을 입에 댔다.

"저라도 그랬을 겁니다."

"……."

검왕은 용악의 한마디로 마음이 편해지는 것을 느꼈다. 용악에게 인정을 받았다는 것이 위로가 될 리가 없는데도 마음이 편해졌다.

용악이라면 어쩌면 검왕 자신을 진정으로 이해할 수 있을지도 모를 거란 생각이 든 것이다.

"이제 무엇을 할 생각인가? 돌아갈 텐가?"

용악은 잠시 대답을 미루고 차를 한 모금 마셨다.

주위 풍경을 보다 고개를 가로저었다.

"육천좌가 천산에서 내려온 것이 아니라면 당분간은 머물러야 할 곳이 있습니다."

"머물 곳?"

"천산으로 들어가기 전에 진 빚이 있는데… 아직 다 갚지 못해서요."

"그렇군."

검왕은 대답하는 용악의 표정이 변하는 것을 보고 알 듯 모를 듯 미소를 지었다.

"참, 가기 전에 만나볼 사람들이 있습니다."

"사람들?"

"내려가는 길에 보면 될 것 같습니다."

정검련 사람들이란 뜻이었다.

"허허허. 이제 작별인가?"

검왕은 목소리에 아쉬움을 담았다.

"어차피 그자들은 제 허락 없이는 천산을 넘어오지 못합니다. 천산에 오세요. 그때는 제가 대접해 드리겠습니다."

용악이 특유의 담담한 미소를 지으며 자리에서 일어났다.

더 머물다간 쉽게 떠나지 못할 것 같아 서둘러 일어난 것이
다.

　어릴 때부터 홀로 지내는 것에 익숙한 용악이었다.

　검왕은 언뜻 보면 사부와 닮았고, 건네는 말과 행동까지 비
슷한 면이 있었다.

　어떻게 사부에 대한 그리움이 없을 수 있을까?

　그래서 서둘러 일어났다. 더 있다가는 천산마제가 아닌 이
십대의 용악으로 검왕을 대할까 봐서.

　용악은 정검대신루를 내려오는 동안 검왕이 지켜보고 있
음을 느낄 수 있었다.

　용악의 입가에 ‘픽’ 하고 웃음이 떠올랐다.

　연무장이 보이는 곳까지 내려가니 부용과 죽영이 호검들
과 서 있는 모습이 보였다.

　“검왕께선…….”

　북호검이 아직은 천산마제란 호칭이 익숙하지 않은지 말
끝을 흐렸다.

　“위에 계시오. 덕분에 많이 배우고 가오. 이 두 사람은 잠
시 빌려가겠소.”

　용악이 북호검에게 건넨 말은 진심이었다.

　도절을 상대한 후 정군산까지 오는 동안 용악은 어떻게 몸
속에 있는 기운들을 융합시킬지 많은 생각을 했다.

끝내는 일흡의 무공을 쓰긴 했지만 북호검과의 대결이 기억났고, 검성호와 만우흔의 대결이 기억났다. 특히 검성호, 만우흔 두 사람의 대결에서 보여주었던 직(直)과 곡(曲)은 큰 심상을 느끼게 해주었다.

"허허, 허허허……."

서호검은 웃기만 했고 나머지 세 호검은 아무 말도 하지 못했다. 불과 며칠 전에 봤던 용악과 지금 보는 용악의 기세가 완전히 달라졌기 때문이다.

며칠 전에는 그저 고수라는 것만 느꼈지 검왕과 나란히 설 정도는 아니라 여겼으나, 지금은 네 호검 모두 검왕이 용악을 인정하는 이유를 알 것 같았다.

용악을 따라나선 부용은 신이 났다.

용악과 함께 강호를 누비는 상상을 한 까닭이다.

그런 부용의 모습을 죽영이 못마땅한 표정으로 계속해서 쳐다봤다.

"어딜 가시는 겁니까, 천산마제… 님."

죽영은 말을 하고 나서도 뭔가 민망하다는 생각이 들었다. 별호는 알고 있으니 부르기만 하면 되는데 용악의 얼굴을 보면 천산마제란 말이 나오기 쉽지 않았다.

"아영이 아빠와 만 교검장? 그들 두 사람을 만나려고 한다."

"마제께서 그 두 분을 어떻게 아세요?"

부용이 깜짝 놀라 용악을 쳐다봤다.

"아영이 때문에 보게 됐다. 아영이를 보러 가려는데 같이 보면 좋을 것 같아서."

"죽영, 가서 만 교검장님을 모셔와. 내가 아영이네로 모실 테니까."

부용의 말에 죽영은 모른 척했다.

"죽영!"

"올라오는 길에 함께 계시다는 걸 들었어."

"그, 그래?"

부용이 소리친 것이 멋쩍어 입맛을 다셨다.

세 사람이 도착한 곳은 용악이 아영이를 따라갔던 계곡 아래 거처였다.

죽영의 말대로 검성호와 만우흔이 밖으로 나와 담소를 나누고 있었다.

"검 교검장님과 만 교검장님이 함께 계셨네요."

부용이 공손하게 두 사람을 아는 척하자, 두 사람은 고개를 돌렸다가 용악을 발견하고는 급히 자리에서 일어났다.

"천산마제를 뵙습니다."

두 사람의 입에서 동시에 흘러나왔다.

연무장에서 검왕과 겨룬 것을 본 두 사람으로서는 당연한 반응이었다.

"아영아, 약속을 못 지켜서 어쩌지?"

용악이 검성호의 뒤에 숨어 있던 아영이를 발견하고 먼저 미안한 표정으로 말을 걸었다.

그제야 아영이가 머리를 내밀며 용악을 쳐다봤다.

"아빠가 다 말해줬어요. 아저씨는 교검장보다 높은 사람이라면서요?"

"처음 듣는 말인데? 교검장보다 높은 사람을 알기는 해도 아저씨가 그렇진 않아."

"킥."

손을 내젓는 용악이 우스웠던지 아영이가 웃었다.

"죄, 죄송합니다, 아영이가 무례를……."

검성호가 당황해서 아영이에게 뭐라고 하려 하자 용악은 오히려 검성호를 만류하며 네 사람을 마당으로 모이게 했다.

"떠나기 전에 도움이 될 것 같아 보자고 했소."

네 사람은 용악의 뜬금없는 말에 눈만 껌뻑였다.

"흠, 내가 전해주고자 하는 것은 일종의 흐름이오. 검을 수련하며 느낀 거라… 굳이 설명을 하자면 참, 격, 결, 착을 동시에 사용한다?"

용악이 네 사람에게 동의를 구했다.

그러나 네 사람 중 누구도 용악의 말을 이해하는 사람은 없었다. 그도 그럴 것이, 용악은 이미 기의 흐름을 자유자재로 조절하는 경지에 이르러 있지만 이들 넷은 그렇지 못하는 까닭이다.

"공격을 한번 해보시겠소?"

"누구부터……."

"넷이 한꺼번에 오시오."

용악과 검왕의 대결을 지켜본 네 사람으로서는 용악의 말이 조금도 기분 나쁘지 않았다.

"그럼 사양하지 않겠소."

만우혼이 제일 먼저 검을 빼 들었다.

그 뒤로 검성호, 죽영, 부용이 차례로 검을 뽑았다.

각기 다른 기운들이 네 사람의 몸에서 흘러나왔다.

"아영아, 집으로 들어가 있거라."

"예, 아빠."

아영이가 쪼르르 모옥 뒤로 갔다.

네 사람이 일제히 검을 치켜들자 기세가 사방으로 퍼져 나갔다.

"단 한 번. 전력을 다해 공격하는 것이 중요하다는 것을 잊지 마시오."

용악은 한 발자국 앞에 기벽을 일으켰다.

동시에 네 사람은 기다렸다는 듯이 공격을 시작했다.

검성호와 만우혼은 유섬극을 전력을 다해 펼쳤고, 부용과 죽영 역시 아직은 부족한 두 사람만의 유섬극을 펼쳤다.

쾅!

네 사람이 용악의 바로 앞에서 마치 정지한 것처럼 멈췄다.

“……!”

놀란 눈의 부용이 양옆을 돌아보자 다른 세 사람 역시 같은 눈으로 서로를 쳐다보고 있었다.

용악이 이들 네 사람을 보자고 한 이유는 간단했다.

네 사람이 익히는 무공은 같으면서도 달랐다.

검성호를 제외하고 나머지 셋은 모두 직(直)의 유섬극을 펼치고 있었다.

그날, 검성호와 만우흔의 대결을 보면서 용악은 결과를 미리 알았다. 만우흔은 검성호를 이길 수가 없었다. 하나 검성호 역시 완벽한 곡(曲)이 아니기에 만우흔의 직을 포용하지 못했다.

그것을 알려주려는 것이다.

도절의 정구도를 기벽만으로 받아내며 깨달았던 곡의 느낌을.

용악이 손을 들어 멈춰 있는 네 사람의 검을 하나로 모았다. 신기한 것은 부용의 기검도 다른 검과 마찬가지로 모아진 것이다.

이화유능제를 운용하면 현재의 용악에겐 어려운 일이 아니었다.

네 개의 검을 모은 용악은 네 사람과 일일이 눈을 마주쳤다. 준비를 하라는 일종의 신호였다.

네 사람은 일제히 긴장하며 더욱 기를 끌어올렸다.

[입을 벌리지 말고 내가 전하는 힘을 받아들이시오.]

입만 벌린 것 같은데 용악의 목소리가 네 사람의 머릿속에 들렸다.

기가 외부로 표출되는 순서는 다음과 같다. 뇌에서 내린 명령이 단전으로 전달되고, 단전에선 기를 방출시키며, 방출된 기는 수련에 의해 몸에 새겨진 경로를 따라 외부로 표출된다.

이 순서를 거꾸로 들어가면, 어떤 경로를 통해 기가 표출됐는지 알아낼 수 있게 된다. 용악은 이 순서를 바꾸려 하는 것이다.

먼저 검성호의 몸에 새겨진 경로를 추적했고, 인식된 경로를 다른 세 사람의 몸에 새겨주었다. 물론 검성호의 몸에는 좀 더 강렬한 경로가 남아 있게 됐다.

한동안 몸속을 제멋대로 휘도는 기운에 네 사람의 얼굴은 사색이 됐으나 이내 몸속이 어느 정도 진정이 되자 편안한 안색을 되찾았다.

툭—

실 끊어진 연처럼 뒤로 물러서는 네 사람.

어리둥절한 그들은 정신을 차리기도 전에 몸속을 흐르는 낯선 기운을 느끼며 급히 운공을 하려 했다. 하나 이화유능제에 의해 끊어진 진기는 쉽게 이어지지 않았다. 그 덕분에 용악이 새겨준 몸속의 경로를 고스란히 느낄 수 있었다.

그 상태는 꽤나 오래갔다.

"음……."

전신에 맥이 풀려 땅으로 엎어진 검성호가 신음과 함께 머리를 매만졌다.

"아빠, 괜찮아요?"

"아영이… 아! 마제께선……."

"아저씨는 갈 때가 있다며 아까, 아까 갔어요."

"이런 무례를……."

검성호는 아직도 무슨 일이 일어났었는지 몰라 어리둥절해 있는 상태였다.

"…가셨구나."

"뭐가 뭔지 모르겠다. 마제께선 왜……."

부용의 허전한 목소리에 이어 죽영이 정신을 차리며 고개를 흔들었다.

"그 한 번 싸운 것을 보고… 세상은 정말 넓구나. 검왕께서 인정하실 만한 고수다."

만우혼은 정신이 들자마자 운기를 해보았다.

용악이 아무 이유 없이 네 사람의 혼을 쏙 빼놓았을 리 만무하다는 생각 때문이다.

평평한 유리에 살짝 홈을 파서 물감을 흘릴 때의 느낌이라고 해야 할까?

진기가 알아서 흘렀다.

만우흔은 급히 운기를 멈추며 호흡을 골랐다.

"모두 즉시 운기를 해봐! 지금 놓치면 다시는 얻지 못할지도 모른다. 어서!"

급히 소리친 만우흔은 곧장 다시 운기를 시작했다.

그러자 나머지 세 명도 얼결에 가부좌를 틀고 앉았다. 세 사람의 눈이 동시에 크게 치떠졌다.

"아영아, 잠시 집에 들어가 있으렴."

"왜요?"

아영이 커다란 눈을 꿈뻑이며 물었다.

"공부를 해야 할 것 같다."

"공부요?"

"이 공부만 끝나면 위쪽으로 이사 가도 돼."

"정말요?"

"그래."

검성호가 고개를 끄덕이자, 아영이는 활짝 웃으며 소리라도 날까 봐 입을 막고는 모옥으로 쪼르르 달려갔다.

네 사람은 그렇게 밤늦게까지 운기를 계속했다.

앞으로 정검련을 책임지게 될 고수들의 탄생이 있던 날이었다.

*　　　*　　　*

정군산을 내려온 용악은 말을 탔고, 빠르지 않게 이동한 까닭에 며칠이 걸려서야 하남성 경계 부근을 넘어설 수 있었다.

홍호(洪湖)에선 배를 탔고 동호(東湖)까지 이동할 때는 다시 말로 바꾸었다.

"그 뒤로 번천수가 어디에 나타났다는 소문은 없고?"

길가에 삼삼오오 모여 앉아 갈증을 해소하던 짐꾼들이 큰 소리로 떠들고 있었다.

"호북 사는 인간들은 좋겠어. 검왕께서 정군산에 떡하니 버티고 계시니 놈들이 꼼짝을 못하잖아."

"그러게 말이야. 나도 어여 이번 일 마치고 호북이나 사천으로 옮기던지 해야지, 무서워서 제대로 다닐 수가 있나……."

"에이, 사천으로 갈 생각일랑 버려. 도왕께서 언제 나서신 걸 본 적 있나? 사파 놈들이나 꼬리 말고 있지, 그 이상한 놈들은 신경도 안 쓸걸?"

짐꾼 중 한 명이 침을 뱉으며 진저리치는 표정을 지었다.

'묵도가 있는 곳이 사천이었군.'

용악이 향하는 산동성과 정반대였다.

가까이서 임중걸과 도왕을 한 번도 본 적 없을 것 같은 짐꾼들의 말이 묘하게 부합됐다.

용악은 굳이 신경 쓸 사람이 아니기에 자리에서 일어나 다시 길을 재촉했다.

'그러고 보니 목노와 뚱노는 내가 정군산을 내려온 걸 모르나?

이곳까지 오는 동안 뭔가 허전하다고만 여겼지, 그것이 뭔지 생각하려 하지 않았다. 짐꾼들의 말 때문에 갑자기 사림이종이 떠올랐다.

산을 내려오면 당연히 찾아올 거라 여겼기에 그들에 대해 까맣게 잊고 있었다.

용악은 천마수에 진기를 불어넣었다.

막 다시 걸어가려 할 때였다.

"파천마궁은 근데 왜 그런데?"

'파천마궁?

짐꾼들의 말에 용악은 걸음을 멈췄다.

"난들 아나? 통인문에서… 아 왜, 강남 지역에서만 움직이는 곳 말이야."

"알지. 정파든 사파든 가리지 않고 일한다는. 대우는 괜찮아도 위험해서리……."

"모르는 소리 말아. 요즘은 거기가 노다지야. 통인문에서 나온 얘긴데, 요즘 파천마궁이 난리래. 예전엔 거둬들이는 물건들이 하루만 늦어도 난리도 난리도 그런 난리가 없었대. 한데, 요즘은 물건이 들어오든 말든 별 신경 안 쓴대."

“얼래, 정말?”

“그만큼 바빠진 거지! 하긴, 한판 붙을 때도 됐지. 여의단도 바빠진 걸 보면… <u>흐흐흐</u>. 다들 목 위에 붙은 것 잘 간수하자구.”

“젠장헐, 겁은…….”

짐꾼들의 대화는 무척 직설적이었다.

목숨을 담보로 발품 파는 사람들이니 당연히 숨길 게 없을 것이다.

잠시 서서 짐꾼들의 대화를 듣던 용악이 갑자기 흘끔 뒤를 돌아봤다.

“…….”

근방엔 짐꾼들 외에 아무런 기척도 없었으나, 그렇다고 아무도 없는 것이 아니었다.

길을 따라 몇십 장 걷던 용악의 신형이 소로를 따라 산길로 접어들었다.

누군지 몰라도 용악을 보고 싶은 모양이다. 마다할 이유는 없었다. 용악은 뒤따르는 시선의 주인이 원할 만한 적당한 장소가 나타나자 나무에 등을 기댄 채 섰다.

얼만 지나지 않아 용악이 지나온 길로 두 명의 인영이 모습을 드러냈다.

청의를 입은, 한 번 보면 잊지 못할 정도로 강한 눈빛과 각진 턱을 지닌 노인과 홍의를 입은 세모꼴 턱을 가진 노인이었다.

두 노인을 본 용악은 이채를 발했다.

'나이에 맞지 않는 대단한 박력이군. 응? 저건……'

용악은 다가오는 두 노인의 손에 시선이 멈췄다.

검고 두꺼운 도, 묵도였다.

두 노인은 용악과 오 장여의 거리를 두고 멈춰 섰다.

"네가 임중걸 단주님을 만났다는 자냐?"

각진 턱의 노인이 무심한 목소리로 물었다.

'임중걸 단주라 부를 사람이라면… 묵도겠군.'

용악은 두 노인이 왜 찾아왔는지 알 것 같았다.

도왕을 조심하라는 홍대담의 경고가 떠오른 것이다.

"대답하라."

두 노인은 부하 다루듯 용악에게 대답을 강요했다. 하나 용악에게 그런 식의 태도가 통할 리 없었다.

"확신도 없으면서 묻는 건가?"

"무, 묻는 건가?"

각진 턱의 노인이 반문하는 용악의 말투를 듣고 어이없다는 표정으로 노려봤다.

"후, 대단한 담력을 지녔구나. 애야, 그리 경계할 것 없다. 우린 네가 만난 임중걸 단주님의 몸 상태가 어떤지 물어보려고 온 것뿐이니까. 우리가 듣기엔 임 단주님이 상처를 입고 있다고 하던데… 사실이냐?"

뾰족 턱을 가진 노인은 최대한 부드러운 눈매로 용악을 회유하려 들었다.

용악은 두 노인의 태도가 우습기만 했다.

임중걸의 상태를 용악에게 묻는 이유가 빤히 들여다보이기 때문이다.

"후후후. 그렇게 궁금하면 그에게 직접 물어보면 될 것 아닌가? 왜 염탐하듯이 내게 묻는 거지?"

"또, 또! 네놈의 버르장머리부터 고쳐놓아야겠구나."

각진 턱 노인이 호통을 쳤다.

'모 원로의 호통에도 놀라지 않아?'

뾰족 턱 노인이 용악의 당찬 태도에 이채를 발했다.

용악은 말을 하는 동안 한 번도 두 노인의 눈을 피하지 않았다.

"염탐이라… 노부 평생 그런 말을 들을 줄은 몰랐구나. 노부는 묵도에서 나왔다."

"도왕의 제자에 대해 묻는 걸 보니 그런 것 같더군."

"그걸 알면서 말을 그따위로 하는 거냐! 감히 어디서 그분의 별호를 입에 담는 게냐!"

각진 턱의 노인이 갑자기 무시무시한 안광을 발하며 호통을 치자, 그의 주위로 기파가 확장됐다. 하나 용악은 옷이 휘날리는데도 눈 하나 꿈쩍하지 않았다.

용악이 저렇게 당당한 데에는 이유가 있을 것이다.

뾰족 턱 노인의 판단이었다.

"모 원로, 잠시 진정하시오. 그렇게 자꾸 겁을 주면 이 청년이 어떻게 대답을 하겠소? 청년, 이해하게나."

버티면 각진 턱의 노인이 무슨 짓을 할지 책임질 수 없다는 묘한 어감이 담긴 말이었다.

'겁?'

용악은 두 노인의 대화에 절로 웃음이 나왔다.

용악의 웃는 모습에 뾰족 턱 노인은 인상을 썼다.

겉으로 볼 땐 무공 좀 익힌 청년 정도로밖에 안 보이는 까닭이다. 한데 자꾸 모 원로를 말리게 된다. 알 수 없는 일이었다.

두 노인이 용악을 찾은 데엔 이유가 있었다.

임중걸은 묵도로 돌아온 이후 바깥출입을 삼갔다. 이를 두고 병에 걸린 것이 아니냐는 의문이 제기됐고, 두 원로가 직접 나서서 소문의 진상을 파헤쳐야 했다.

얼마 남지 않은 임중걸과 갈파랑의 후계자 대결은 그만큼 중요하기 때문이었다.

이번 조사를 위해 홍대담과 동행했던 제자 한 명을 데리고 나왔는데, 그자가 홍호를 지나는 용악을 알아보고 여기까지 오게 됐다.

"나와 모 원로는 묵도의 원로들일세. 사안이 사안인지라 자네가 본 것을 듣고 싶을 뿐이네. 솔직하게 대답해 주기 바라네."

뾰족 턱 노인은 솔직히 말했다.

덕분에 용악의 표정도 어느 정도 누그러졌다.

"그전에, 내가 그를 봤다고 누가 그랬는지 말해주겠소?"

"그건 말해줄 수 없네. 다만, 자네가 임 단주님과 함께 있는 걸 본 제자라고만 알아두게."

"함께 있는 걸 보기만 한 자요?"

"그게 무슨 말인가?"

"…아니오."

용악은 잠시 생각에 잠겼다.

누군지 몰라도 그 자리에서 용악을 봤다면 다른 동행도 봤어야 했다. 용악만을 지목했다면 주위를 감시하던 자였을 것이다.

"내가 하는 말을 믿는다면 한마디는 해줄 수 있소."

용악은 시간을 길게 끌고 싶은 생각이 없었다.

모른 척 그냥 가도 상관없지만 임중걸 덕분에 깨어난 것을 부정하고 싶은 생각도 없기 때문이다.

"믿겠네."

진 원로가 곧바로 대답했다.

옆에 있던 모 원로는 진 원로의 결정이 마음에 안 드는 눈치였으나, 자리를 주도하는 쪽이 진 원로인지 고개를 돌리기만 하고 방해하진 않았다.

"그를 보긴 했소."

"임 단주님이라고 해라!"

용악이 임중걸을 '그'라고 호칭하자 각진 턱의 모 원로가 즉시 호통을 쳤다.

"한 번만 더 끼어들면 내 입은 열리지 않을 거요."

용악은 모 원로를 똑바로 바라보며 나직이 말했다.

"됐소, 모 원로. 자, 얘기나 계속해 주게."

진 원로 역시 모 원로만큼이나 기분이 언짢았으나 중요한 것은 다음에 이어질 말이기에 참았다.

"그는 기합 한 번으로 폐가를 날려 버렸소."

"기합 한 번으로 폐가를?"

"내 눈으로 직접 본 것이니 틀림없을 거요."

두 원로는 용악의 표정에서 뭔가를 찾으려 애썼으나 용악은 더 이상 말을 잇지 않았다.

"자네, 자네의 말에 책임질 수 있나?"

"책임?"

"책임! 자네 한마디로 묵도의 운명이 뒤바뀔 수도 있는 일이기 때문일세!"

진 원로는 특히 마지막 말에 힘을 주어 말했다.

어색한 우격다짐이었다.

그저 본 것에 대해 말해달라고 해서 말해준 것뿐인데 거기서 책임이 왜 나온단 말인가?

천산의 생활에 익숙한 용악에겐 두 원로의 대화법이 낯설
수밖에 없었다.

"이상한 말이군. 진실과 거짓도 가릴 수 없는 사람이 책임
을 운운하다니… 좀 우습지 않나?"

"놈! 우리에게 거짓을 말한 게냐?"

모 원로가 패도적인 기운을 드러내며 호통을 쳤다.

용악이 말을 돌리려 한다고 여긴 모양이다.

이쯤 되니 용악도 담담한 표정을 유지하기 힘들었다.

'저자는 묵도라는 이름으로 어찌할 수 있는 자가 아니다.
우리 두 사람의 기운을 흘리고 있어. 적어도 우리 아래가 아
니란 뜻이다.'

진 원로는 모 원로의 패도적인 기운이 용악에게 전혀 영향
을 끼치지 못하는 걸 지켜봤다. 더 이상 말을 해봐야 손해 보
는 쪽은 두 원로였다.

"모 원로, 그만 갑시다. 저 청년은 진실을 말하고 있소. 자
네……."

"아니오, 진 원로. 저 녀석은 지금 거짓말을 하고 있소. 그
렇지 않다면 왜 이 자리를 빨리 벗어나려 한단 말이오? 일단
저 녀석을 묵도로 데려가 조사를 해봐야겠소."

'이름만 물어보면 될 것을 왜 저런 말까지…….'

진 원로는 모 원로를 당황스런 눈으로 쳐다봤다. 고집을 부
리는 이유야 충분히 납득하지만 상황을 이런 식으로 몰아가

는 건 옳지 않아 보였다.

"너는 우리와 함께 가야겠다."

끝내 모 원로는 하지 말아야 할 말까지 하고 말았다.

"나……."

용악이 모 원로에게 뭐라 말을 하려 할 때였다.

두 원로의 뒤쪽 허공에서 방울 소리가 들려왔다.

딸랑— 딸랑—

'목노와 뚱노가 왔군.'

용악이 허공을 바라보며 낮게 한숨을 내쉬었다.

사림이종의 종소리가 모 원로를 살린 셈이었다.

"자네와 관련이 있는 소린가?"

진 원로가 굳은 표정으로 물었다.

"내 부하들이오."

"부하들?"

"당신들만 부하가 있으란 법은 없잖소?"

용악은 대답과 함께 가볍게 웃었다.

두 원로의 경계하는 눈이 서로를 마주본 후 다시 용악에게
돌려졌을 때, 사림이종이 용악의 뒤에 내려섰다.

"주인님, 늦었습니다."

목노가 허리를 숙이며 최대한 공손히 말했다.

'주인님?'

진 원로는 사림이종의 등장에 인상을 더욱 찌푸렸다.

"오다가 나무 뒤에만 숨어 있으면 되는 줄 아는 자들을 삼사십 명쯤 본 것 같습니다. 명령만 내려주십시오."

목노는 차분하고 냉정한 목소리로 말을 이었다.

"갈! 너희들 따위 오합지졸들이 감히 묵도의 제자들을 어떻게 한다고? 어디서 같잖은 수작을 부리려느냐!"

모 원로의 각진 턱에 근육이 잡혔다.

사림이종의 정체를 알기 위해 일부러 강하게 나가는 것이다.

"어쩐지… 혹시 묵도의 원로 중에 진방원과 모지심이란 분들에 대해서 아십니까?"

목노는 모 원로의 호통은 신경도 쓰지 않고 진 원로에게 물었다.

"……!"

목노의 질문에 두 원로의 낯빛이 굳었다.

두 원로는 사림이종을 모르는데, 사림이종은 두 원로를 알고 있었다.

"안목이 대단하시구려, 근 삼십 년 동안 외부 출입을 하지 않은 우리에 대해 알다니. 인사가 늦었소. 어느 방면의 고인들이시오?"

모 원로가 나서기 전에 진 원로가 재빨리 나섰다.

"고인은 무슨. 주인님 앞에서 부끄럽소이다. 우린 사림의 두 종이오."

"사, 사림! 사파의 종자가 감히!"

모 원로가 불쾌한 안색을 드러냈다.

정파의 정신적 지주인 삼왕 중 도왕을 모시는 두 사람이었다. 사림의 사림이종과 한자리에 서 있다는 것 자체가 모독일 수 있는 것이다.

"맞습니다. 저희는 주인님의 종자입니다."

목노는 모 원로의 말에 전혀 불쾌한 내색을 보이지 않았다.

'사림이종이라면 이름난 고수에 속한다. 도대체 저 청년이 누구기에 사림이종이 모욕을 당하고도 참는 거지?'

진 원로는 뭔가 일이 잘못되어 가고 있음을 깨달았다. 모 원로의 압박에도 안색 하나 변하지 않던 청년이 사파의 고수였다. 그만큼 수양이 깊다는 것을 뜻했고 보통 고수가 아니란 뜻이기도 했다.

"두……."

"주인과 얘기 중이었으니 종들은 그만 사라져라."

"모, 모 원로!"

진 원로가 막아보려 했으나 이미 모 원로는 불쾌한 표정으로 사림이종에게 명령까지 내린 후였다.

"이봐, 죽고 싶나?"

용악의 싸늘한 목소리가 모 원로를 향했다.

"뭐, 뭐라고? 지금 내게 한 말이냐?"

"여기서 내 부하에게 이래라저래라 명령한 늙은이가 또 있
나?"

용악은 일말의 주저함도 없었다.

임중걸에게 미안했던 마음이 조금 전 모 원로의 한마디로
씻은 듯 날아가 버렸다.

"당장 사과하지 않으면 이 자리에 있는 묵도의 인간들은
전부 죽는다."

용악의 말이 끝나기 무섭게 기세가 사방으로 퍼져 나갔다.

드드드드—!

용악의 주위는 멀쩡한데 숲 주변이 들썩이기 시작했다. 갑
작스런 현상에 두 원로는 빠르게 주변을 살폈다.

'이, 이 정도였나? 이자의 무공은 내가 상상했던 것보다 훨
씬 강하다!'

진 원로는 용악의 무공이 강하다는 것을 어느 정도 짐작하
고 있었다. 하나 지금 느껴지는 용악의 무위는 상상 이상이었
다.

두 원로가 용악을 봐준 것이 아니라 용악이 두 원로를 봐줬
던 것이다.

진 원로의 시선이 용악의 눈에 닿았다.

담담한 눈동자엔 한마디라도 잘못했다간 폭발할 것 같은
분노가 가득했다.

다행인 것은 지금이라면 멈출 수 있다는 것이다.

“이, 이보······.”

“기다리고 있던 바다.”

모 원로가 진 원로의 말을 자르고 나섰다.

‘아!’

진 원로의 낙담이 입으로 새어나오기도 전에 용악의 명령
이 이어졌다.

“목노, 뚱노.”

“예, 주인님!”

“뒤로.”

사림이종은 재빨리 용악의 뒤로 물러서며 시립했다.

뒤에서 진 원로와 모 원로를 바라보는 두 사람의 눈빛이 달
라졌다.

“자, 잠깐! 잠깐 기다리시오. 지금 손을 쓰면 돌이킬 수 없
는 결과를 낳게 되오. 우리가 물러나겠소. 그··· 신분을 모르
니 그대라고 하겠소. 그대의 말이 진실이란 것도 알았으니 그
만 손을 거두어주시오.”

용악을 대하는 진 원로의 말투가 바뀌었다. 사림의 주인임
을 인정하겠다는 뜻이었다. 최대한의 예를 갖춘 진 원로의 설
득은 효과가 있었다.

“진······.”

“그만 하시오, 모 원로! 당신 때문에 숲에 있는 제자들을 모
두 잃어야 하겠소?”

“진 원로, 저것들이 그렇게 하도록 내버려 둘 것 같소? 저들은 내가 막겠소. 그러니 진 원로가 저 애송…….”

“그만! 아직도 모르겠소? 숲에 있는 제자들을 죽일 사람은 저 둘이 아니라 저 사람이오.”

“그게 무슨…….”

모 원로는 진 원로의 말을 이해하지 못하고 용악을 돌아봤다.

“알고 싶나?”

용악이 돌아보는 모 원로를 향해 물었다.

“……!”

모 원로는 사림이종이 오기 전까지는 느끼지 못했던 답답함이 자신을 옥죄이는 것을 느꼈다.

용악의 기도가 달라졌다. 알고 있으면서도 애써 무시했다. 아니, 무시해도 된다고 생각했다. 왜냐하면 모 원로는 묵도의 원로이기 때문이다.

그러나 지금은 달랐다. 무시무시한 살기를 내뿜는 것도 아닌데 모 원로는 자신도 모르게 마른침을 삼켰다.

머리부터 발끝까지 일제히 검이 겨눠지는 착각.

용악은 자리에서 한 발자국도 움직이지 않았다.

“네가 자초한 일이다.”

망설이는 모 원로의 귀로 용악의 저승사자와 같은 목소리가 들렸다.

'아, 안 돼······.'

용악이 말한 대로 될지도 모른다는 생각, 아니, 확신이 머릿속을 파고들었다.

팟!

여치가 나뭇잎을 박차고 날아가는 소리처럼 미약하지만 날렵한 소리가 숲에서 들렸다. 그리고는 용악의 폭발할 것 같던 기세도 거짓말처럼 거둬졌다.

"이제 너희 둘만 남았다."

"······!"

진 원로는 용악의 말이 사실이란 것을 깨달았다. 숲에서 간헐적으로 들려오던 제자들의 숨소리가 완전히 멎었기 때문이다.

덜덜덜.

진 원로가 몸을 떨었다.

말 한마디로 치른 대가치고는 너무 컸다.

"이런 치욕을··· 내 오늘 네놈과 사생결단을 내겠다!"

모 원로가 어느새 꺼내 든 묵도를 휘두르며 용악에게 달려들었다.

묵도의 원로가 되기 위해서는 묵월천앙도 이초식인 만월을 자유자재로 펼쳐야 했다. 하나 용악은 이미 본의 아니게 삼초식 천앙까지 받아본 후였다.

검은 안개를 뿌리며 공격하는 모 원로를 향해 용악은 서슴

없이 다가갔다.

"내 부하에겐 나만이 명령을 내릴 수 있다!"

쾅!

"……!"

모 원로의 묵도가 용악을 때렸다가 튕겨 나갔다.

용악의 신형이 나가떨어지는 모 원로를 귀신처럼 따라붙었다.

"알았느냐!"

모 원로는 용악이 무슨 말을 하는지 하나도 알아들을 수 없었다. 그저 다가오지 못하도록 전력을 다해 묵도를 휘둘렀다.

쾅!

"컥!"

이번에도 역시 모 원로의 묵도는 용악의 호신강기에 막혀 튕겨졌다.

'쿵' 소리를 내며 바닥에 떨어진 모 원로의 귀에 다시 한 번 용악의 분노한 음성이 꽂혔다.

"알아들었느냐!"

"……."

모 원로는 바닥에 누운 채로 악마의 얼굴을 봐야 했다. 악마라고 하기엔 영웅건이 지나치게 잘 어울리는 얼굴이 그의 눈동자 가득히 쏟아져 들어왔다.

"내가 사과하겠소. 모 원로가 함부로 말한 것을 사과할 테니 그만두시오."

도왕을 제외하고 진 원로가 물러선 경우는 한 번도 없었다. 이렇게까지 오도록 만든 모 원로였으나 죽게 내버려 둘 수는 없었다.

용악이 모 원로를 상대로 반격 한 번 하지 않고 몰아붙이는 광경은 이미 두 사람의 상대가 아님을 의미했다.

진 원로는 쓰러져 있는 모 원로의 곁으로 다가가며 묵도를 들어 올렸다. 비장한 각오가 뾰족한 턱 아래로 줄기줄기 뻗어 나오는 것 같았다.

"뭐라고?"

용악은 진 원로의 사과를 무시했다.

사과를 할 사람은 모 원로지 진 원로가 아니기 때문이다.

모 원로는 죽더라도 이런 굴욕을 받아들일 수 없었다. 하나 자신으로 인해 진 원로까지 죽게 만드는 것은 더욱 못할 짓이었다.

"…사과할 테니 진 원로는 보내다오."

"그건 내가 알아서 한다."

"……!"

이렇게까지 했는데도 못 받아들이겠다면 모 원로도 더 이상 참는 것은 무리였다. 모 원로는 용악을 노려보며 묵도를 양손으로 움켜쥐었다.

"모 원로, 그런 말이 어디 있소?"

진 원로는 모 원로의 다혈질적인 성격을 잘 알고 있었다.
어쩌면 상황이 여기까지 치닫게 된 것도 그런 모 원로를 챙기
지 못한 자신의 책임일지도 몰랐다.

"진 원로는 빠지시오."

"이렇게 될 일이 아니었는데……. 휴우, 반은 내 책임이니
그런 말이랑 하지 마시오."

진 원로는 묵도를 쥐고서 모 원로와 나란히 섰다.

싸우겠다는 무언의 표시였다.

"모 원로, 나는 이 자리를 떠나지 않을 것이오. 하나, 이것
한 가지만 생각해 보시오. 우리 두 사람이 묵도에 평생을 바
쳤듯, 저들 역시 사림에 평생을 바친 사람들이오."

'사과를 하라는 거요?'

모 원로는 진 원로를 돌아봤다. 속으로 한 질문이지만 눈을
통해 고스란히 진 원로에게 전해졌다.

진 원로의 고개가 미미하게 끄덕여졌다.

모 원로는 잠시 용악을 노려보다 입을 열었다.

"…사과하겠다."

"목노, 뚱노."

용악이 뒤도 안 돌아보고 사림이종을 불렀다.

"부르셨습니까, 주인님."

"받아들이겠느냐?"

"받아들이겠습니다."

용악은 사림이종의 대답에 잠시 생각하다 입을 열었다.

"오늘 일은 없던 것으로 하겠다."

돌아서는 용악의 모습에 진 원로는 안도의 한숨을 내쉬었으나 모 원로는 얼굴이 붉으락푸르락해져서 어쩔 줄 몰라 했다.

"진 원로, 이대로 놈을 보낼 거요?"

"그럼 어쩌겠소?"

"겨우 종으로 데리고 있는 놈들 때문에 묵도를 적으로 여기겠다? 허! 저놈은 필시 제정신이 아닐 거요."

"저 사람은 거기까지 생각하지 않았을 수도 있소. 단지 부하들이 모욕을 당한 것이 화가 났을 수도……."

진 원로는 자신도 모르게 용악을 변론하는 말이 나오자 입을 닫았다.

진 원로의 말에 모 원로는 황당한 표정을 지으며 쥐고 있던 묵도를 등에 맸다.

"돌아가는 대로 임 단주님에게 저자에 대해 물어봐야겠소. 모 원로, 일단 제자들에게 가봅시다."

두 원로는 동시에 신형을 날려 숲으로 들어갔다.

용악의 뒤를 따르는 목노와 뚱노의 안색이 좋지 않았다.

'묵도의 두 원로를 살려주긴 했으나 제자들을 전부 죽여버렸으니……. 묵도는 적으로 삼아선 안 되는 곳인데… 대장

로님께 뭐라고 보고를 드려야 하나…….'

목노의 걱정은 당연했다.

용악이 숲을 향해 기운을 뻗칠 때까지만 해도 설마 하는 마음이었다. 하나 용악은 설마를 현실로 만들어 버렸다. 아무리 기감을 펼쳐도 숲에선 온기가 느껴지지 않았다.

"그동안 별일없었나?"

"…예."

목노가 조심스럽게 입을 열었다.

"걱정되나?"

"…사실……."

"아무도 안 죽였으니 걱정 마라."

"예?"

"도왕의 제자에게 본의는 아니었지만 신세를 졌다. 그에게 피해가 가도록 만들진 않는다, 아무리 화가 났어도."

"아!"

사림이종의 귀에는 다른 말이 들어오지 않았다.

묵도의 제자들을 죽이지 않았다.

그 말만으로 족했기 때문이다.

진 원로와 모 원로는 제자들의 시체라도 수습해 줄 생각으로 숲으로 들어갔다. 숲에는 묵도의 제자들이 널브러져 있었다. 하나 어느 누구도 피를 흘리고 있는 사람은 없었다.

“이게 어떻게 된 게냐?”

“모, 모르… 꺽! 가, 갑자기… 진기가 사라져…….”

진 원로의 질문에 제자 중 한 명이 숨을 ‘꺽꺽’ 거리며 대답
했다.

진 원로와 모 원로는 서로를 쳐다봤다.

‘이 인원을 무려 십 장도 넘는 거리에서 한꺼번에 제압했
다고? 그것도 죽이지 않고?’

진 원로는 자신의 눈으로 보고 있음에도 믿을 수 없었다.

“…괴, 괴물… 어찌 그런 자가 사림과 같은 사파에서 나왔
단 말인가?”

모 원로는 다시금 맨 몸으로 자신의 도를 튕겨내던 용악을
떠올리며 몸을 떨었다.

인정하고 싶지 않아 버텼지만 그가 어찌해 볼 수 있는 고수
가 아니었다.

“서둘러 돌아갑시다. 그리고 이 일은…….”

“알고 있소.”

“임 단주와 상의를 해야겠소. 어쩌다 저런 괴물과 만나게
됐는지부터…….”

“세상이 달라지려는 것 같소, 진 원로. 사파, 그것도 쪼개
진 곳에서 저런 고수가…….”

‘설마…….’

진 원로는 머릿속으로 떠오르는 단어를 말하려다 이내 고

개를 흔들었다.

'혈교가 붕괴됐는데 어떻게 천마의 무공이… 기우일 뿐이다. 기우…….'

진 원로는 아니라고 확신하면서도 표정이 굳는 건 어쩔 수 없었다.

第七章
준동

천산마제

파천마궁주 조빈은 태사의에 앉아 세 남녀를 보고 있었다. 대제자 공투를 제외한 적완, 악지군, 미려였다.

"다들 군이가 할 말이 있다니 들어보아라."

조빈이 악지군을 가리키자 악지군은 살짝 겁먹은 눈으로 자리에서 일어났다.

조빈에게 할 말이 있다며 사형제들을 불러달라고 청했다. 다들 궁금해하는 눈으로 악지군을 보고 있으니 당연히 부담스러운 것이다.

"궁의 칠대호법이 태산에서 고혼이 됐습니다. 아무런 조치도 취하지 않으면 강호에선 파천마궁을 우습게 여길 것입니다."

악지군은 시작을 잘 꺼냈다고 생각했다.

조빈은 두 번째 듣는 말임에도 침묵이 쉽지 않은 듯 몸을 슬쩍 비틀었다.

"수라혈과 사림은 지난 몇 년 동안 그래 왔듯이 아무런 움직임이 없습니다. 지금이야말로 혈교의 적통이 누군지 강호에 알릴 절호의 기회입니다. 장제를 죽여야 합니다. 일곱 호법적통이고혼이 태산을 떠돌고 있습니다! 사부님, 제게 혈강시 열 구와 파천제일단 통솔권을 주십시오. 당장 가서 장제의 목을……."

"그만."

조빈이 손을 내저었다.

"사부님!"

악지군은 흥분해서 조빈의 말에 토를 달았다.

"크크크. 너무 흥분하지 말고 나머지 얘기도 마저 하거라, 군아."

조빈은 악지군의 확장된 눈동자를 보며 일부러 말을 느리게 했다. 조빈의 목소리는 범접할 수 없는 살기와 함께 악지군의 이성을 깨웠다.

악지군은 번뜩, 정신을 차린 표정으로 급히 고개를 조아렸다.

'살기가 담겨 있다는 것은 그만큼 당신도 흥분하고 있다는 뜻이겠지? 하긴, 완성된 혈강시 이십 구와 파천삼단의 칠백 마인을 데리고 있는 당신이 어떻게 홍분을 하지 않겠어? 후후 후.'

고개 숙인 악지군의 입꼬리가 슬며시 올라갔다. 곧 조빈의 입에서 장제를 치라는 허락이 떨어질 것을 확신하는 까닭이 다.

"사형, 지금입니다. 최근 강호 이곳저곳에 등장한 정체 모를 자들이 태산을 쳤다고 합니다. 십일대세가의 움직임이 하루가 멀다 하고 황보세가로 향하고 있습니다. 지금이야말로 장제를 없앨 절호의 기회입니다. 사매, 너의 환술을 빌려다오!"

"사형, 제 힘이 필요하면 언제든 말씀만 하세요."

미려가 악지군의 열변에 감동해 눈가를 촉촉이 적시고 있었다.

'저것들이!'

그 모습이 적완을 자극했다.

악지군과 미려가 한 침실을 사용한 지는 불과 이 년여밖에 되지 않았다.

적완은 열여섯 살의 미려를 처음으로 품에 안았다.

그때 혼사를 치렀어야 했다.

악지군이 적완 몰래 미려의 침실을 드나드는 것을 알았을 때는 이미 미려의 마음이 악지군에게 간 후였다.

　악지군을 사랑하니 가게 해달라는 미려의 말이 아직도 적완을 고통스럽게 하고 있었다. 문제는 그것이 사랑 따위가 아니라 승부에서 패한 것으로 받아들여진다는 것이다.

　"사부님, 제 생각도 사제와 같습니다. 단, 제가 가야 합니다."

　"네가?"

　조빈은 반대할 거라 여겼던 적완이 찬성하자 놀란 눈이 되어 쳐다봤다.

　"제 판단 착오로 칠대호법을 잃었습니다. 만회하려면 제가 가야지요. 저를 보내주십시오."

　적완은 평소와 달리 강경한 태도를 취했다.

　악지군의 태도에 자극을 받은 것이다.

　"크크… 좋다. 완이는 태산까지 나를 따르도록 하라."

　"……?"

　조빈의 말에 세 남녀는 동시에 놀란 눈이 됐다.

　"호법 일곱을 잃었다. 더 잃을 수는 없지. 내가 직접 가겠다. 가서… 장제를 죽이고 회수하겠다."

　"사부님께서 굳이 나서실 것 없이……."

　"군이와 미려는 궁에 남는다. 여덟 구의 혈강시와 파천제 삼단을 두고 갈 테니, 투의 폐관수련이 막바지에 달했으니 파천석부를 잘 지키고 있어라. 투가 폐관을 끝내고 나왔을 때 줄 선물을 갖고 올 테니. 크하하!"

조빈은 석실이 들썩일 정도로 크게 웃어 젖혔다.

지난 몇 년간 적완과 악지군은 물론 미려에게 한 번도 보여준 적 없는 모습이었다.

'역시 당신의 선택은 대사형이었군.'

악지군은 알고 있었음에도 배신감이 들었다.

조빈은 악지군을 제자로 받아들이기 전부터 자신의 후계자로 공투를 점찍었다. 그랬기에 적완을 군사로 키웠고 악지군을 외관을 담당하는 총관처럼 대했던 것이다.

'내 선택이 옳았음을 다시 한 번 깨닫게 해주어 고맙소, 궁주. 당신이 자리를 비운 파천마궁은 새 주인을 맞이하게 될 것이고, 공투는 폐관수련 막바지에 천재지변에 의한 죽음을 맞이하게 될 것이오. 흐흐흐.'

악지군과 미려는 조빈의 방을 나오며 아주 잠깐 서로의 눈을 마주보았다.

미녀의 입가에 미미한 주름이 생겼다.

악지군을 부르는 웃음이었다.

*   *   *

여의단 안휘 지부 소속 유격은 부하 칠십여 명과 함께 조심스럽게 계곡을 따라 전진하고 있었다.

전신에 흐르는 땀이 쉴 새 없이 무복을 적셨지만 그런 것은 중요하지 않았다.

얼마 오르지 않았는데도 숨을 헐떡이는 부하들.

유격은 위를 올려다봤다.

바위밖에 보이지 않았다.

알았다면 벌써 손을 썼을 텐데 아직 아무런 반응이 없었다. 상대는 유격의 존재를 모르고 있는 것이다.

유격은 부하들을 계곡 벽으로 붙도록 수신호로 지시를 내린 후 마른침을 삼켰다.

얼마 전 강서 지부의 무인들이 십인회의 수장 중 한 명인 도절에게 몰살당한 일이 있었다. 여의단에선 곧바로 대응에 나섰고 지부장이 없는 자리에선 싸움은 금한다는 지시가 내려왔다.

유격도 그 지시를 들었다.

그렇기에 살펴보러 가고 있는 중이었다.

뒤를 돌아봤다. 유격을 의지한 채 목숨을 걸고 뒤따르는 부하들이 안쓰럽게 느껴졌다.

그때였다.

“대장님.”

바로 뒤를 따르던 부하가 유격을 불렀다.

유격은 급히 돌아서며 조용히 하라는 신호를 보냈다. 하나 부하는 손으로 뒤쪽을 가리키며 덜덜 떨었다.

그제야 유격은 벽에서 한 발 떨어지며 뒤쪽을 살펴봤다.

“……!”

뒤쪽을 살피던 유격의 눈이 갑자기 커졌다.

엄청 큰 이리 한 마리가 부하를 물고 절벽 위로 사라졌기 때문이다.

“이리?”

“어, 엄청나게 큽니다.”

“돌아가라! 최대한 빨리 왔던 길로 돌아가라! 어서!”

유격은 늦었다는 것을 깨닫고 크게 소리쳤다.

“크르… 아이들이 배도 채우지 않았는데 돌아가면 안 되지.”

“……!”

유격의 머리끝에서 발끝까지 관통하는 섬뜩한 살기.

유격은 돌아보는 순간 죽는다는 것을 예감했다.

허리에 찬 검을 잡았고 최대한 빠르게 돌아섰다.

퍽!

“……!”

유격이 돌아서려는 그 짧은 순간 적은 이미 유격의 심장을 꺼내 손에 쥐고 있었다.

유격은 쓰러질 때에야 놈의 몸에서 날짐승의 냄새가 지독했다는 것을 깨달았다.

‘지, 지부장님… 이놈은 사람… 아니…….’

“아이들아, 마음껏 배를 채워라. 크르… 크르…….”

랑곡에서 나온 장절은 유격의 신선한 피를 토해내는 심장을 바라보다 이내 자신의 입으로 가져갔다.

* * *

추운곡에 파견된 여의단 안휘 지부 전원 괴멸.

서찰을 받아 든 익교문의 손이 부르르 떨렸다.

"유격이 죽다니……."

함께 있는 어느 누구도 익교문에게 말을 건네지 못했다. 그 슬픔이 어떨지 다들 잘 아는 까닭이다.

십인회가 지나간 곳에는 피와 시체들뿐이었다.

그들이 누군지, 왜 여의단을 노리는지 아무도 알지 못했다.

"총령, 이대로 당하고만 있을 겁니까?"

사마화인의 집무실에 모인 지부장 중 한 명이 묵직한 목소리로 물었다.

"전혀 그럴 생각 없다. 놈들이 이렇게 빠르게 공격할 줄 몰라서 당한 것뿐이다. 이제 당해주었으니 반격을 시작해야지."

사마화인의 목소리는 의외로 담담했다.

뒷짐 진 채 창밖을 바라보던 사마화인은 돌아서며 두루마리 하나를 탁자 위에 떨어뜨렸다.

“거기엔 십인회의 최근 행적이 적혀 있다. 보면 알겠지만 그들은 몰려다니지 않는다. 철저히 독자적인 움직임을 보이고 있지.”

지부장들은 두루마리를 펼쳐보았다.

최근 한 달 안에 십인회가 움직인 경로가 지도 위에 선으로 표시되어 있었다.

“조사에 의하면 그 선들은 개인이 움직인 경로였다. 십인회는 모두 열 명의 ‘절’로 구성되어 있고, 각 절들은 오백 년 전 천하를 재앙으로 몰아넣은 천좌의 열 가지 금지된 무공을 익히고 있다고 한다.”

사마화인의 설명이 끝나자 지도로 향해 있던 지부장들의 고개가 모두 들려졌다.

“천좌……”

“천좌라면……”

지부장들은 황당한 표정으로 할 말을 잃고 쳐다봤다.

오백 년 전 사람의 얘기를 왜 꺼내는지 모르겠다는 표정들이었다.

“얼마 전 산동 지부에서 보고가 올라왔다. 황보세가에 한 여인이 찾아왔는데 혼자서 장제와 겨루었다고. 결과는… 그 여인은 장제의 손에서 이십여 초나 버티다 도망쳤다고 한다. 여인의 신분은 대막여제. 최근 대막에서 여살성으로 이름을 높이고 있는 여인으로, 또 다른 신분은 십인회의 빙절이었다.”

“자, 장제와 이, 이십여 초를…….”

지부장들은 황당하단 표정으로 사마화인을 쳐다봤다.

십인회를 구성하는 열 명 중 한 명이 장제와 이십여 초를 겨뤘다는 말은 충격에 가까운 것이다.

“현재 여의단에서 장제와 이십 초를 겨룰 수 있는 고수는 원로들이 유일하다.”

사마화인의 말은 지부장들의 가슴에 비수가 되어 꽂혔다.

“부하들의 죽음을 애도하는 마음은 십분 이해한다. 하나, 현실을 직시하라! 십인회의 각 절을 상대할 고수가 부족한 상황이다. 더 안 좋은 것은, 각 절들이 반드시라고 해도 좋을 정도로 이십여 명의 부하를 데리고 다닌다는 것이다. 강서 지부 삼십여 명을 순식간에 도륙할 정도의 고수들을.”

“……!”

지부장들의 얼굴이 굳었다.

사마화인이 말한 사건에 대해서는 그들 역시 모두 알고 있기 때문이다.

“나는 지부장들을 잃고 싶지 않다. 앞으로 지부장들은 그들의 행적을 발견하고 보고하는 일에만 전력을 다하도록.”

“총령님! 부하들의 죽음을 모른 척하란 말씀이십니까?”

익교문이 참지 못하고 자리에서 일어났다.

유격의 죽음을 자신의 탓으로 여기기에 더욱 사마화인의

말에 반박하고 싶었는지도 몰랐다.

"모른 척하란 말이 아니라, 그것은 불가항력이었다는 것을 말하는 것이다. 익 지부장, 거기에 적힌 것은 유 대장에 대한 얘기뿐이다. 어떻게 죽었는지 아는가? 유 대장이 이끌었던 칠십 명 전원이 장절이란 자가 부리는 이리 떼에 물려죽었다."

'장절!'

"십인회에서 지금까지 드러난 세 명 중 한 명이다. 빙절과 장절, 그리고 도절……."

사마화인은 잠시 말을 멈추었다.

도절에 관한 보고를 받다가 낯익은 이름을 봤기 때문이다.

'용악… 도절이란 자는 장제와 이십여 초를 겨룬 빙절에 못지않은 고수일 것이다. 그런 고수를 단지 호신강기 하나로 물리쳤다? 소호에서 봤을 때보다 더 강해진 건가…….'

강서 지부 무인들이 몰살당할 위기에서 한 청년의 도움을 받았다고 하는데 그가 용악이었다.

사마화인은 보고를 접하자마자 만나러 가고 싶었으나 용악이 어디로 갔는지 알 수가 없어 참아야 했다.

'정검련의 무인 두 명과 함께 갔다고 했다. 자네, 검왕과는 또 무슨 관계인가? 검왕께 달려가 물어볼 수도 없고… 총단에만 있으려니 갑갑하기만 하고…….'

여의단을 위협하는 세력의 발호가 있으니 당연히 총령은

자리를 비울 수 없었다.

직접 부딪쳐 해결하는 쪽인 사마화인에겐 어울리지 않는 자리였다. 지금처럼 사람들을 다독이는 것은 사마화인이 할 일이 아닌 것이다.

사마화인은 용악을 떠올리자 몸이 더워졌다.

소호에서 만났을 때보다 얼마나 강해졌느냐고 물어보고 싶었다. 아니, 손속을 겨뤄보고 싶었다.

사마화인 역시 그때의 사마화인이 아니었다.

여의단의 모체라 할 수 있는 구대문파의 장문인들을 협박 비슷한 걸로 밀어붙여 내공이 한 단계 증진된 뒤였다.

'용악, 자넨 누군가?

아무리 조사를 시켜도 용악의 과거에 대한 정보를 가져오는 부하들은 없었다. 황보세가의 식객이 되기 전에는 무엇을 했으며 어떤 무공을 익혔는지에 대해서조차.

사마화인은 여의단주의 아들이었다. 어릴 때 벌모세수를 받았고 수많은 영약을 복용해서 현재의 여의총령이 될 수 있었다. 물론 사마화인 스스로의 노력이야 말할 것도 없었다.

이해되지 않는 용악이 무공도 사마화인과 같은 과정을 밟았다면 그럴 수 있었다.

검왕, 도왕, 권왕.

셋 중 한 사람의 제자라면 가능한 얘기였다.

가장 심중이 가는 쪽은 이번에 들어온 보고로 검왕으로 기울고 있었다. 하나 그 또한 확인할 수 있는 정보는 아니었다. 묵도에는 사십대의 제자 두 명이 전부이니 그쪽도 아니고, 소호에서 사용한 용악의 무공은 권이 아니니 권왕 역시 아니었다.

신비에 싸인 정체불명의 이십대 청년 고수.

사마화인이 총단을 벗어나고 싶게 만드는 원인 중 그 이유가 가장 컸다.

'황보세가에 좀 더 많은 인원을 배치해 두어야겠다. 파천마궁과 십인회의 움직임도 더 면밀히 살피고……'

*　　　*　　　*

곧이라도 비가 내릴 것처럼 하늘은 온통 먹구름으로 가득했다. 사림이종의 안내를 받으며 움직이는 용악의 표정이 좋지 않았다.

대장로란 자 때문이었다.

사림이종은 용악을 사림의 주인이라고 했다.

사림에 속한 자가 주인 된 자를 부를 수는 없었다.

이런 용악의 생각도 모르고 사림이종은 열심히 달리고 또 달렸다.

"잠시 쉬었다 가자."

용악은 고개를 돌려 숲 쪽을 바라보며 멈춰 섰다.

사림이종은 멈춰 서며 어리둥절한 표정이 됐다.

꽤 오랜 거리를 달리긴 했지만 그 정도에 지칠 용악이 아니란 걸 잘 아는 까닭이다.

"비가 올 것 같다."

"예? 비요?"

목노는 자신도 모르게 하늘을 올려다봤다. 정말로 비가 오기는 할 것 같았다. 하나 그것과 쉬는 것과 무슨 상관이 있는지는 알지 못했다.

사림이종이 뭐라 말하기도 전에 용악이 숲으로 방향을 바꾸었다. 두 사람은 곧장 용악의 뒤를 따랐다.

얼마 들어가지 않아 폐찰이 나왔다.

그 안에서 사람들의 두런거림이 들려왔다.

'설마……'

사림이종은 서로를 쳐다봤다.

용악은 이곳에 사람이 있다는 걸 알았을까?

사림이종이 결론도 내리기 전에 용악이 폐찰로 들어갔다. 사림이종 역시 곧장 뒤를 따랐다.

폐찰 안으로 들어가자 이남이녀가 앉아 있다 놀란 눈으로 돌아봤다.

이십대 후반으로 보이는 호리호리한 체격의 청년과 이십대 중반의 듬직한 체구를 가진 청년, 그리고 십대 후반의 소녀 둘이었다.

“비가 그치면 갈까 하네.”

목노가 네 남녀에게 양해를 구했다.

“편히 계십시오. 주인이 있는 사찰도 아니잖습니까. 먼저
왔을 뿐이니 편히 쉬시다 가십시오.”

“고맙네.”

목노의 인사가 끝나기도 전에 용악은 한쪽 벽에 앉아 등을
기댔다.

부서진 창문 사이로 빗소리가 후드득댔다.

비 때문인지 바람이 무척 시원했다.

옆쪽에 있던 두 청년의 움직임이 부산해졌다.

소녀 둘이 손으로 팔을 부비는 걸 본 까닭이다.

불을 지폈고, 미리 준비를 했는지 보자기 안에서 꿩과 토끼
를 꺼냈다.

두 청년은 노숙 경험이 많은지 익숙하게 꿩과 토끼를 손질
한 후 나뭇가지에 꿰어 불에 올려놓았다.

“괜찮으시면 함께 요기나 하시는 게 어떠십니까? 가져온
것이 이것뿐이라…….”

부리부리한 눈을 한 청년이 목노에게 함께 자리하길 권했
다.

“우린 괜찮으니 들게.”

목노가 손을 내저었다.

“함께 드세요.. 오라버니들과 저희들은 얼마 전에 요기를

한 상태랍니다. 비 오면 날씨도 쌀쌀해지니 와서 불도 쏘이시고요.”

두 소녀 중 유난히 눈썹이 짙은 소녀가 방긋 웃으며 함께 자리하길 청했다.

두 청년은 한쪽에 검을 내려놓고 있었고 소녀들은 무기를 지니지 않았다.

“우린 상관하지 말고 쉬다 가게.”

목노는 반복되는 그들의 권유에 용악의 눈치를 봤다.

다행히 용악은 벽에 등을 기댄 채 눈을 감고 있었다.

“어디까지 가시는 길이세요?”

눈썹 짙은 소녀 옆에 새초롬한 표정을 짓고 있던 갸름한 얼굴의 소녀가 부끄러운 듯 고개만 내밀며 물었다.

일부러 싫다는 표정까지 지은 목노로서는 속으로 혀를 찰 수밖에 없었다.

“저흰 자부문의 사형제들입니다. 이렇게 만난 것도 인연인데 두 대협의 성함이라도 알려주시지요.”

호리호리한 체구의 청년이 일어나며 사림이종에게 포권을 취했다.

“자부문이 아직도 강호 활동을 하던가? 자부선인의 죽음으로 급격히 몰락한 줄 알았는데……”

목노는 의심스런 눈으로 네 남녀를 쳐다봤다.

“사부님께서 돌아가셨다고 해서 자부문의 무공이 절전된

것은 아닙니다. 여기, 대사형께서 사부님의 진전을 모두 이으셨으니까요."

눈썹 짙은 소녀가 목노를 노려보며 분한 표정을 지었다.

"……."

목노는 아무런 말도 하지 않고 가만히 소녀를 바라봤다. 사문에 대한 자부심이 무척이나 강한 소녀였다.

"혹시 사부님과 친분이 있으신지요?"

대사형이라 불린 청년이 목노에게 조심스럽게 물었다.

"친분… 이라고 하기엔 뭐하지만 약간의 인연은 있다고 해야겠지."

"어머! 죄, 죄송해요, 어르신. 저는 그것도 모르고… 자부문의 매영인이 인사드려요."

"……."

목노는 슬쩍 뚱노를 돌아봤다.

자부선인과의 인연이 무엇인지 뚱노 역시 알고 있었다. 두 사람 모두와 연관이 있기 때문이다.

자부선인은 정파의 고수였고 사림이종은 사파의 고수였다. 이들이 엮일 수 있는 인연은 목숨 내걸고 싸울 때 외엔 없었다.

"자부선인은 좋은 제자들을 두었군."

목노가 할 수 있는 말은 그 말 외엔 없었다.

이후로 일곱 사람은 거의 말을 섞지 않았다.

쏴아— 후드드—

빗소리와 바람 소리가 섞이며 폐찰의 문과 창문을 가만 놔두지 않고 흔들어댔다.

그때였다. '끼이걱' 하는 소리와 함께 폐찰의 문이 열리며 일단의 사람들이 안으로 들어왔다.

비에 젖은 여인이 들어왔고 뒤이어 사내 셋이 따라 들어왔다.

자부문의 사형제들은 낯선 방문자, 그것도 훌륭한 몸매를 유감없이 드러낸 여인과 사내들을 보자 놀란 표정이 되고 말았다.

"너무 빤히 보네?"

여인은 자신을 바라보는 두 사형제에게 웃으며 말했다. 젖어서 몸매가 고스란히 드러난 것 정도는 전혀 부끄러워할 일이 아니라는 것처럼 보였다.

"죄, 죄송합니다. 험험."

듬직한 체구의 청년이 재빨리 여인의 시선을 외면하며 헛기침을 발했다.

"죄송한 걸 알긴 아는 모양이구나. 흐흐흐. 지 소저의 몸을 본 눈이니 호강했다고 여겨라."

여인의 한 걸음 뒤에 있던 뱁새눈의 사내가 앞으로 나서며 듬직한 체구의 청년을 노려봤다.

장포를 열어 허리에 차고 있던 검을 보여준 것은 알아서 기라는 무언의 협박이었다.

"저는 자부문의 북단야라고 하오. 결례를 범한 줄 아나 워낙 갑작스러운 일이라서……."

"대사형, 사과할 것 없습니다."

듬직한 청년이 북단야의 사과를 막았다.

"곽 사제, 분명 우리가 잘못한 일이다. 만약 다른 사람들이 우리 사매들을 그렇게 봤다면 나도 같은 반응을 보였을 것이다."

북단야의 말에 곽태는 어쩔 수 없이 참았으나 여인과 세 사내는 더욱 눈빛이 차가워졌다.

"흐흐흐. 잘못을 했다? 그럼 그 쓸모없는 눈은 없어도 되겠군. 뽑아."

"……!"

사내의 말도 안 되는 소리에 북단야와 곽태의 표정이 딱딱하게 굳었다.

"뽑기는 싫다? 흐흐흐. 지 소저, 어찌했으면 좋겠소?"

"어머, 그걸 왜 제게 물으세요? 어차피 우릴 봤으니 다 죽여야지요, 피 대협."

여인은 처음과 마찬가지의 억양으로 대답했다. 그 모습이 더욱 잔인하게 보였다.

"흐흐흐. 지 소저의 말을 들었느냐? 눈알만 뽑았으면 살 수도 있었을 것을… 너희들이 자초한 일이니……."

피 대협이라 불린 사내가 폐찰 안을 죽 둘러보다 벽에 기댄 채 지켜만 보고 있던 사림이종과 눈이 마주쳤다.

'고수다!'

피 대협은 직감적으로 알 수 있었다.

"어디 얼마나 대단한 무공을 지니고 있기에 그런 말을 하는지 봅시다."

곽태가 호탕하게 외치며 검을 집어들었다.

곽태로선 당연한 반응이었다. 잘못한 것이 없으면 하늘이 무너진다 해도 움직이지 않을 담력의 소유자가 곽태였다.

"이젠 어딜 가나 만나게 되는군. 목노, 뚱노. 일부러 여기에 온 것 아니야?"

긴장된 상황과 어울리지 않는 태평스런 용악의 목소리가 흘러나왔다.

"저희가 오자고 한 것이 아니라……."

"뭐야, 내 잘못이라는 거야?"

"그, 그럴 리가 있습니까. 다 저희의 불찰입니다."

목노와 뚱노는 최대한 조심스럽게 대답했다.

너무 담담해서 세 사람의 대화가 끝날 때까지 폐찰 안엔 침묵이 감돌았다.

'저놈이 상전이라고?'

피 대협은 용악을 노려봤다.

무공을 모르는 평범한 청년으로만 보였다.

"여자만 옷이 젖어 있군. 일부러 몸을 젖게 만들었다고 봐야겠지? 물을 이용한 무공이라면… 구흘사(毬紇絲)겠군. 이번엔 무슨 '절'을 따라왔지?"

용악은 웃고 있던 여인이 표정을 딱딱하게 굳히자 피식, 웃었다.

네 사람은 십인회의 각 절을 따라다니는 자들 수준의 무공을 익히고 있었다. 폐찰 안으로 들어오는 순간 그것을 알 수 있었다.

구흘사는 물을 이용한 무공이었다.

물에 닿은 손, 물에 젖은 옷 등 물기만 있는 곳이라면 물방울을 암기처럼 사용할 수 있었다.

천산에서 수좌는 그랬다.

손에 닿는 눈들을 암기로 사용하며 쉴 새 없이 용악과 검왕을 몰아붙였다.

"어린놈이 잘도 나불대는구나. 어디 네놈의 무공이 그 입만큼이나 센지 볼까?"

피 대협은 용악을 향해 검을 뽑았다.

그때였다.

"우리가 먼저다. 사매들, 자리를 지켜라."

북단야의 말이 끝나기 무섭게 곽태는 검을 뽑았고 두 소녀는 허리에 숨기고 있던 면검을 꺼내 들었다.

"호호호. 저 두 계집은 죽이지 말게. 내, 긴히 쓸 데가 있으니."

피 대협은 자부문의 두 소녀를 돌아보며 음침한 미소를 지었다.

사림이종은 자리에서 일어나 두 소녀를 보호하며 앞으로 나섰다.

"자네들 상대가 아니야. 물러서게."

목노가 좋게 말했으나 북단야와 곽태는 물러설 기세가 아니었다.

"말을 듣는 게 좋을 게야."

목노가 다시 설득을 하려 했으나 북단야의 태도는 단호했다.

"저희는 모욕을 당했습니다. 자부문의 문도들은 모욕을 받은 채 물러서지 않습니다."

"그렇다면 더더욱 금지된 무공을 익힌 놈들에게 죽어선 안 되겠지."

"금지된 무공?"

북단야가 깜짝 놀라 목노를 돌아봤다.

"자네들도 십인회에 대해선 들어봤겠지?"

"그럼 이들이……."

"그런 모양이네."

목노의 말에 북단야의 표정이 굳어졌다.

"그렇다면 더더욱 물러설 수 없습니다! 불구대천의 원수인

사파삼대세력 다음으로 용서할 수 없는 자들이 이들입니다.”

‘부, 불구대천의 원수?’

사림이종은 난처한 표정이 됐다.

북단야가 말하는 원수 중에 두 사람도 포함되어 있기 때문이다.

“피 대협, 그냥 제가 할게요.”

여인은 어느새 장포를 벗고 고스란히 젖어 있는 몸매를 드러냈다.

“……!”

여인의 젖은 몸을 보자 북단야는 자신도 모르게 시선을 딴 곳으로 돌렸다.

“순진한 것.”

북단야가 시선을 돌린 순간, 여인의 몸에서 무수히 많은 물방울이 퍼져 나갔다. 물방울은 곧 암기의 형태로 변해 폐찰 안에 있는 모든 사람을 공격했다.

퍼퍼펑!

놀라운 일이 일어났다.

북단야가 검을 회전시켜 막을 형성하며 공격을 막아낸 것이다.

“제법이군.”

“두 분 역시.”

북단야는 진기를 이용해 여인의 공격을 여유롭게 피하는

사림이종을 보며 이채를 발했다.

"더 쥐어짜 보지 그러느냐?"

사림이종은 여인을 향해 비웃음을 던졌다.

"어머, 밝히는 노인들이었네? 그럼 실망시킬 수 없지. 호호호. 이건 어때요?"

여인은 입고 있던 옷을 훌쩍 벗어 던지며 속곳만 입은 상태가 됐다.

"보기 좋구나."

"호호호. 그 나이에 여색을 밝히면 빨리 뒈져, 색골 늙은이들."

"쉽게 얻은 것은 쉽게 잃는 법이다."

여인이 얻은 십천좌의 무공이 통하지 않는다는 뜻이었다.

"어머! 그런 개소린 딴 데 가서 하세요. 아, 닭살이 다 돋네."

여인은 목노의 충고를 개소리로 만들어 버리며 몸을 활짝 열었다. 풍만한 그녀의 몸으로 물기가 모여들기 시작했다.

"물이 많이 필요한 모양이지? 마음껏 펼칠 수 있게 해줄 테니 따라 나오너라."

목노는 슬쩍 용악을 돌아보며 허락을 구했다.

용악의 고개가 미미하게 끄덕이자 뚱노와 함께 여인을 공격해 갔다.

여인은 물기를 완전히 모으려면 시간이 필요했기에 구흘

사를 풀며 다급히 장포를 회전시켜 두 사람의 공격을 막았다.

그러나 이미 빈틈이 포착된 이상 사림이종의 손을 빠져나갈 순 없었다.

여인은 사림이종의 손에 이끌려 밖으로 나갔다.

피 대협과 다른 두 사내는 사림이종의 행동에 어이없는 표정을 지었다. 이내 밖에선 '펑!' 하는 소리가 터졌다.

북단야는 여인과 사내들의 정체가 밝혀졌는데도 진지한 표정으로 노려보고 있었다.

'제법인데?

용악은 앉은 채로 북단야를 지켜보다 감탄하는 표정을 지었다.

그때, 북단야가 용악을 돌아봤다.

'저자는 무공을 모르는 자인가?

북단야는 용악이 일어날 기미조차 보이지 않자 낮게 한숨을 내쉬었다.

"결국 여기까지인가?"

북단야가 결의에 찬 목소리로 혼잣말을 했다.

"대사형! 자부문의 무공은 이어져야 합니다. 여긴 제가 맡을 테니 사매들과 함께 피하십시오."

곽패가 더 이상 참지 못하고 외쳤다.

"호호호. 포기한 거냐?"

피 대협은 북단야의 혼잣말을 듣고 비웃었다.

슉.

피 대협의 검이 북단야를 찔러갔다.

어디를 노리는지 확연히 알 정도로 느린 검이었다.

'운외반간(雲外反間)!'

구름 가득한 하늘에서 유일하게 빛을 내보내는 틈.

천산에서도 상대하기 까다로웠던 무공 중 하나였다.

느린 것 같지만 잔영이 실체라 느낄 정도로 빠르며, 전신을 공격하는 것 같지만 실제로는 한 점에 집중되는 형태.

용악은 피 대협이 사용하는 무공을 보며 고개를 가로저었다. 지나치게 약했기 때문이다.

막 용악이 벽에서 등을 떼려 할 때였다.

파지직!

북단야의 검에서 번갯불이 번쩍이는 형상이 일어나더니 곧장 피 대협의 검과 부딪쳐 갔다.

아무리 위력적인 검이라도 느리면 소용없었다. 느려 보이는 피 대협의 운외반간은 실제로 상당히 빠른 축에 속하는 까닭이다.

타항!

"……!"

놀란 눈을 한 사람은 용악이었다.

북단야가 피 대협의 검을 막아낸 것이다.

“네, 네놈이!”

피 대협은 북단야가 자신의 운외반간을 막았다는 것을 믿기지 않는 눈으로 쳐다봤다.

“그 누구도! 사제와 사매들을 건드리지 못한다.”

북단야의 눈에서 살기가 이글거리며 피어났다.

자전검에선 여전히 ‘파지직’ 거리고 있었다.

그러나 사내들은 셋이었다.

피 대협을 제외한 두 사내의 신형이 흐릿해지는가 싶더니 북단야의 양쪽으로 이동했다.

북단야는 눈동자를 돌려 두 사내를 쳐다봤다.

두 사내의 움직임을 포착하고 있는 것이다.

‘놀랍군. 어떻게 저들의 움직임을 감지한 거지?

용악은 싸움을 지켜볼수록 북단야의 반응에 점점 관심이 커져 갔다.

‘저건!’

용악의 눈에 들어온 자전검의 궤도.

닿아 있던 피 대협의 검에서 벗어나 옆으로 눕더니 덤벼드는 두 사내의 몸을 횡으로 베었다. 하나 검을 휘둘렀음에도 여전히 피 대협의 검을 막은 상태였다.

‘운외반간?

용악은 고개를 갸웃거렸다.

북단야의 검이 움직인 궤도는 분명 운외반간의 흐름이었

지만, 반드시라고 하기엔 무리가 있었다. 자전검의 검신에선 쉴 새 없이 '파지직' 거리는 소리가 났기 때문이다.

"훅훅……."

북단야는 몇 초식 겨루지 않았는데 거칠게 숨을 몰아쉬었다. 더 이상 두고 봤다가는 시체를 치워야 할지도 몰랐다.

북단야는 이를 악물며 덤벼드는 세 사내를 향해 검을 휘둘렀다. 혼자 죽지 않겠다는 의지가 검에 실려 있었다.

"끝이다!"

사내 한 명이 '우르릉' 거리는 소리와 함께 권을 뻗었다. 유리붕권이었다. 물론 아주 초보 단계에 머물고 있었다.

"어림없다! 나는 죽을 수 없다!"

북단야는 고함과 함께 힘껏 검을 휘둘렀다.

그때, 세 사내와 북단야 사이로 흐릿한 그림자가 파고들며 피 대협의 검과 북단야의 검을 잡아버렸다.

뚝.

거짓말처럼 폐찰 안이 조용해졌다.

"다, 당신은!"

북단야는 자신의 검을 잡은 사람이 용악이란 것을 확인하고 깜짝 놀라 쳐다봤다.

"이, 이런……."

피 대협은 말을 끝까지 잇지 못했다.

"운외반간을 펼치고 싶었던 모양이지? 훗."

용악은 피 대협을 향해 가볍게 웃어주고는 손에 힘을 주었다.

팍!

피 대협의 검이 가루가 되어 바닥으로 떨어졌다.

"뒤로."

용악은 북단야를 보며 눈짓을 했다.

북단야는 자신의 검을 쥐고 있던 용악의 손을 쳐다봤다. 피가 흐르긴커녕 상처 하나 없었다. 북단야의 표정은 하얗게 질렸다.

'상처 하나 없다니…….'

용악이 엄청난 고수란 것을 그제야 깨달았다.

퍽!

"……!"

낯선 소리에 북단야의 시선이 엄청난 속도로 돌아갔다. 피 대협의 안면이 일그러진 채 폐찰 벽을 뚫고 밖으로 나가는 것이 보였다.

쏴아아—

뻥 뚫린 구멍을 통해 피 대협 위로 쏟아지는 빗줄기가 보였다.

"대사형, 저쪽……."

곽태가 급히 다른 사내들을 가리켰다.

북단야의 시선이 그쪽으로 돌아갔다.

“……!”

믿을 수 없는 광경이 이어졌다.

남은 두 사내가 폐찰 안을 미친 듯이 내달리기 시작했다. 하나 그들이 움직이는 반경은 정해져 있었다. 몇 걸음 움직이지도 못하고 제자리로 돌아오길 반복하는 것이다.

그들의 눈은 공포에 젖어 있었고 두 다리는 그 공포로부터 도망치기 위해 전력을 다하는 것처럼 보였다.

피 대협이란 자 못지않은 두 고수의 황당한 행동에 북단야는 용악을 돌아봤다. 용악은 두 사내를 향해 양손을 든 채 담담한 표정으로 서 있었다.

‘지금 이 사람이……’

북단야는 용악이 두 사내를 제압하고 있다는 말도 안 되는 상상을 했다.

“어딜 가던 길이었지?”

용악의 목소리에 잠시 눈을 돌렸던 북단야는 화들짝 놀라 쳐다봤다.

용악의 양손이 두 사내의 목을 거머쥐고 있었다.

‘말도 안 돼… 저런 엄청난……’

북단야는 할 말을 잃고 멍한 눈으로 입을 쩍 벌렸다.

용악의 이화유능제에 제압당한 두 사내는 반항은커녕 제대로 움직이지도 못했다. 용악은 슬쩍 이화유능제를 풀어주었다.

“저, 절강성……”

한 사내가 다급히 외쳤다.

“절강성? 거기엔 왜?”

“파, 파천마궁… 치, 치러… 제, 제발 이 소, 손……”

사내가 숨이 막힌다는 표정으로 용악의 손을 떼어내려 했다.

“십인회가 노리는 곳이 파천마궁!”

북단야가 갑자기 탄성을 질렀다.

“아는 것이 있나?”

용악은 북단야를 돌아보며 물었다.

“소문을 들었습니다. 십인회가 파천마궁을 칠지도 모른다는……”

“그럼 이들은 필요없겠군.”

용악은 들고 있던 두 사내를 피 대협이 쓰러진 곳으로 던져버렸다. 간단한 행동 하나로 자부문의 사형제들의 모든 신경이 용악에게 쏠렸다.

“설명해 봐.”

“그……”

북단야가 대답을 하려는 순간, 뒤쪽에서 대답을 대신 해주는 목소리가 들려왔다.

“주인님, 이들은 절강성으로 가는 길이었답니다. 십인회가 파천마궁을 치려 한답니다. 그곳에 십인회의 총단을 세우겠다고 강호에 이미 선포까지 한 것 같습니다.”

목소리의 주인은 목노였다.

두 사람의 의복에는 몇 개의 구멍이 뚫려 있었다.

‘주, 주인님?’

북단야는 정신이 하나도 없었다.

조금 전에 벌어진 일만 해도 놀랍기 그지없는데 그것이 정리되기도 전에 한 방 더 맞은 것이다.

“가실 겁니까, 주인님?”

“어딜?”

“파천마궁 말입니다.”

“됐다.”

용악의 대답은 짧고 명확했다.

사림이종은 용악이 결정을 내리자 더 이상 아무 말도 하지 않았다.

“대협들의 존성대명을 알려주십시오!”

북단야가 용악을 가로막으며 포권을 취했다.

“은인의 성함을 알고 싶습니다.”

북단야의 시선이 용악을 향했다.

“알 것 없네.”

용악이 대답하기 전에 목노가 나섰다.

사림의 주인이라는 것을 알려주는 순간 원수로 돌변하게 될 걸 잘 아는 목노로선 당연한 반응이었다.

"자부문의 북단야가 다시 한 번 청합니다. 은인들의 존성 대명을 알려주십시오."

"자네가 알 수 있는 이름이 아니니 갈 길이나 가게."

"사제, 사매들, 무릎 꿇어라."

북단야가 곽태와 두 사매에게 명령을 하자 세 남녀가 재빨리 무릎을 꿇었다.

"알려주십시오!"

이번엔 네 명이 동시에 외쳤다.

목노는 용악을 돌아봤다.

용악은 상관없다는 표정으로 고개를 끄덕였다.

"이건 자네가 자초한 일이야."

"……?"

"우린 사림의 두 종일세."

"사, 사림!"

북단야가 사림을 모를 리 없었다.

사파삼대세력 중 한 곳인 사림.

북단야의 안색이 하얗게 질리며 경련을 일으켰다.

원수에게 도움을 받은 것이다.

"목노, 자부선인을 아나?"

용악이 살기를 일으키는 북단야를 보다 물었다.

"알고 있습니다."

"죽였나?"

"아닙니다. 그때는 누가 누굴 죽이는 대결이 있을 수 없었습니다. 그저 희생당한 사람들만 있을 뿐입니다."

"그렇군."

용악은 고개를 끄덕인 후 북단야를 돌아봤다.

"복수를 하고 싶나?"

천산에서는 너무도 당연한 수순이었다. 눈앞에 원수가 있다면 무조건 죽여야 하기 때문이다. 천산은 천산 나름의 법칙이 존재하기 때문이다. 그곳엔 모호함이란 없었다.

"언제고! 사파삼대세력을 이 땅에서 사라지게 만들고 말 것이오."

북단야의 말투가 바뀌었다.

"그러기 전에 실력부터 키워. 지켜줄 힘도 없으면서 사형제들이나 데리고 다니지 말고."

"……!"

용악의 말은 냉정했으나, 덕분에 북단야는 정신이 확 드는 것을 느꼈다. 겨우 넷뿐인 사형제들이었다. 항상 함께 다녀야 한다는 생각에 어릴 때부터 지금까지 떨어져 본 기억이 없었다.

"당신이 상관할 바가 아니오."

북단야가 이를 악물며 말했다.

자신보다 어리게 보이는 용악이었으나 신위를 본 후였다. '너'라는 말이 목구멍까지 올라왔다 '당신'이라 변해서 입으로 토해졌다.

"목노."

"예, 주인님."

"다음에 이들을 보면 이유를 막론하고 죽여."

"예?"

목노는 용악이 북단야를 좋게 봤다고 여겼다가 갑자기 죽이란 말이 나오자 놀란 눈으로 반문했다.

놀란 사람은 목노뿐이 아니었다. 용악의 신위를 지켜본 곽태와 두 소녀는 안색이 파랗게 질려 있었다.

"사부의 원수가 누군지도 모르면서 원수를 갚겠다는 멍청이 하나쯤은 죽어도 괜찮다. 가자."

용악이 먼저 폐찰을 나섰다.

시원하게 쏟아지던 빗소리가 슬며시 폐찰 안으로 들어와 자리를 잡아갔다.

곽태와 두 사매는 북단야를 걱정스런 눈으로 보며 아무 말도 하지 못했다.

"너희들은 자부문으로 돌아가라."

한참 후에야 북단야가 입을 열었다.

"대사형, 그자들은 사파인입니다. 귀담아들을 필요 없습니다."

"아니, 인정할 건 해야지. 그자의 말이 옳다. 나는 지금까지 막연히 원수를 갚겠다는 생각만 했다. 하지만 이젠 검을 대성해야 할 이유가 생겼다. 원수를 갚아야지, 사부님과 내 몫까지. 원수를 갚을 정도로 강해지지 않으면 돌아가지 않겠다. 곽 사제, 네가 두 사매와 함께 자부문을 지켜다오.”

“대사형…….”

“자전검의 대성과 너희들을 모두 짊어지기엔 내 어깨가 너무 좁다. 하나, 내가 다시 너희들 앞에 섰을 때는… 누구도 자부문도들을 함부로 여길 수 없게 하겠다.”

북단야는 피가 나오도록 입술을 깨물었다.

치욕을 느낄 처지가 아니었다.

‘그분을 찾아간다!’

북단야는 한 사람을 떠올렸다.

“더 강해질 수 있는데 멈춰 있구나.”

자전검의 성취가 더뎌 힘겨워할 때 자부문 근처에서 만난 노인이 있었다.

북단야에게 자질이 있는데 성취가 늘지 않는 것이 안타깝다며 몇 수 알려주었다. 그 뒤로 북단야는 막히는 부분이 있을 때마다 노인을 찾았다.

총 다섯 번에 걸쳐 노인에게 이름 모를 검법을 전수받았고, 노인은 아무런 대가 없이 다섯 번째 만남을 끝으로 떠났다.

자전검을 익히며 막히는 부분이 있으면 자신이 알려준 검법을 떠올리고, 그래도 안 되면 자신을 찾아오라고 했다.

그 뒤로 북단야는 불철주야 노력해서 현재의 실력을 가질 수 있게 됐다.

'그분을 찾겠다!'

第八章
천마비서

천산마제

진 원로와 모 원로는 묵도로 돌아오자마자 임중걸을 방문
했다. 처음엔 이러저러한 안부를 나누었으나 모 원로의 인내
심은 그리 길지 못했다.

"임 단주, 한 가지만 묻겠습니다."

모 원로가 상체를 앞으로 내밀며 임중걸을 직시했다.

"말씀하시지요, 모 원로님."

"그자가 누굽니까?"

"그자? 누구를 말씀하시는 건지……."

임중걸이 고개를 갸웃거리며 인상을 썼다.

"솔직히 말하겠습니다, 임 단주. 임 단주는 얼마 전에 동정

호 근처에 계셨지요?"

"…예."

"영웅건을 쓰고 체격이 야무진 청년에 대해 알고 계십니까?"

"……!"

임중걸의 표정이 굳었다.

"오해하지 마세요, 임 단주. 우린 그저 그가 누군지 궁금할 따름입니다."

"그를 만나셨습니까?"

"예. 아주 혼났지요."

진 원로의 농담 반 진담 반의 말을 들은 임중걸의 표정이 풀렸다. 난처한 일을 먼저 말한 이유를 알 것 같았기 때문이다.

"사부님께 보고하셨습니까?"

"그럴 리가요. 저와 모 원로, 그리고 서른 명이 넘는 제자가 그자 덕분에 꼼짝을 못했습니다. 그 사실을 도왕께서 아시게 된다면… 강호가 발칵 뒤집어질 것입니다."

"그렇겠지요. 그에 대한 말이 사부님께 들어가는 순간 그는… 죽게 될 것입니다."

'저 눈은 뭐지?'

진 원로는 임중걸의 눈에서 투지를 읽었다.

"험. 임 단주께선 어떻게 사파의 인물, 그것도 사림의 주인을 만난 겁니까?”

“예? 사파라니요?”

임중걸은 진 원로의 말에 깜짝 놀라 되물었다.

임중걸의 표정에는 조금의 거짓도 드러나 있지 않았다.

‘이게 무슨……’

당혹스럽긴 진 원로와 모 원로도 마찬가지였다.

임중걸이 용악에 대해 아무것도 모른다는 것이 이해가 가질 않기 때문이다.

세 사람의 대화는 한동안 계속됐다.

각자가 보고 느낀 용악에 대한 대화였다.

임중걸은 용악이 검왕과 연관이 있는 자라고만 여겼지, 사림의 주인이라고는 생각지도 못했다.

한결 편해진 세 사람은 용악의 정체에 대해 이런저런 말을 나누었다. 근처에 세 사람이 기척을 느낄 수 없는 고수가 있는 것도 모른 채.

‘용악.’

두 원로가 밖에서 돌아왔는데 자신을 찾아오질 않자, 이를 궁금하게 여긴 묵도의 주인은 두 원로를 직접 찾아 나섰다.

의심이 많다는 것이 얼굴에 드러난 노인이었다.

세모꼴 얼굴에 세 가닥 흰수염을 달고 있었다.

‘못난 놈.’

노인의 표정이 차가워졌다.

도왕이란 칭호는 그저 얻은 것이 아니었다.

그는 단 한 번도 진 적이 없었다.

도왕의 뒤를 후계자 역시 그래야 했다.

'너의 파문 여부는 본왕이 직접 놈을 본 후에 결정하겠다.'

도왕은 신형을 돌려세웠다.

어느새 힘찬 필치로 '도왕전'이라 적힌 현판 앞에 선 그는 손을 들었다.

그러자 대전 안쪽 벽에 걸려 있던 검은색 도가 흔들리다 쏜 살처럼 날아와 노인의 손으로 빨려 들어갔다.

"잠시 다녀올 곳이 있다. 중걸이와 파랑이의 대결은 본왕이 돌아온 후에 치른다."

"처리하겠습니다."

도왕의 말이 끝나기도 전에 허공에서 무감정한 목소리가 들려왔다.

＊　　　＊　　　＊

강서성 파양호(鄱陽湖).

용악의 시선은 끝이 보이지 않는 수평선 끝에 닿아 있었다.

"픕. 멋지죠, 주군?"

벌써 몇 번째 물어보는지 몰랐다.

용악은 동그란 얼굴과 둥그런 몸집을 한 노인이 배를 두드리며 계속해서 물어도 대답해 주지 않았다.

노인의 이름은 풍령 악승.

사림이종이 대장로라 부르며 갖은 칭찬을 하던 노인이었고, 천산에서 용악을 따르던 자들 중 한 명이었다.

"사람들은 모를 겁니다. 파양호 위에 사림이 존재한다? 뿌하! 생각지도 못했을걸요?"

악승은 지치지도 않는지 또다시 자랑스럽게 말을 꺼냈다. 역시나 이번에도 용악은 악승에겐 고개도 돌리지 않았다.

"……."

악승은 더 이상 말하면 위험하다는 신호를 받았는지 슬그머니 용악의 눈치를 보다 입을 닫았다.

악승이 직접 용악을 찾아가지 않은 데엔 그만한 이유가 있었다. 사림은 현재 사림이종 등 몇몇을 제외한 전 인원이 강호 출입을 할 수 없었다. 하나 아무리 설명을 해도 용악은 요지부동이었다.

"아직도 말하지 않을 생각이냐, 악승?"

악승이 낮은 한숨을 내쉬려 할 때 용악이 처음으로 입을 열었다.

"뭐, 뭘 말씀이십니까? 정말 대단한 장관……."

악승은 이곳까지 오는 동안 쉴 새 없이 말은 많이 했지만 정작 용악이 듣고 싶은 말은 하지 않았다.

"호수 위에 떠 있는 건가?"

“……..”

“그런 모양이군.”

“그, 그렇습니다. 안 그래도 정말 대단한 안목이라고 말씀
드리려… 관심이 없으시군요. 홋. 사실, 제가 사림의 대장로
라서 드리는 말씀은 아닙니다. 사림은 진정한 혈교의 맥을 잇
고 있는 곳입니다.”

‘또 시작이군.’

천산에서도 시간만 나면 자신의 출신과 혈교의 전대 교주
였던 혈마의 무용담을 늘어놓는 데 전력을 다하더니 여기서
도 전혀 변하지 않았다.

사림이종을 먼저 보내기에 용악의 궁금함을 해소시켜 주
려나 했지만 그것이 아니었다. 그동안 어떻게 참고 살았는지
모를 정도로 끊임없이 수다를 떨기 시작했다.

“역시 주군께서도 그렇게 생각하실 줄 알았습니다.”

‘난 아무 말도 안 했는데?’

“뿌하! 이런 날 흥겨운 잔치 없이 어떻게 지나치겠습니까?
사림에 도착하는 즉시 성대한 잔치를 준비하겠습니다.”

악승은 혼자서 북 치고 장구 치고 다 하다 만족스러운 웃음
까지 지었다.

“더 설명해 봐.”

“역시 주군께선 한눈에 꿰뚫어 보시는군요. 사림은 사실
전대 교주이신 혈마께서 종적을 감추시면서 실질적인 활동을

접었습니다. 물론 전대 교주님께선 제게 따로 언질을 주셨고요. 그때는 그것이 왜 그리 서운하던지…….”

“빨리.”

“언질을 받은 저는 사림을 떠나기 전에 부랴부랴 두 놈을 교육시켰습니다.”

“그들이 사림이종이겠군.”

“맞습니다. 미진한 것들을 두고 저는 홀로 천산에 들어간 겁니다. 물론 많이 힘들었지요. 하나, 저 악승은 산을 만나면 산을 건너고 바다를 만나면 바다를 건너는 사람이잖습니까?”

악승은 감회에 젖어 주저리주저리 말을 늘어놓았다.

그러다 용악의 표정이 서서히 굳어가는 것을 보자 재빨리 말을 돌렸다.

“그것이 주군과 감격적인 만남이 있기 몇 년 전의 일이었습니다.”

“나와? 그럼 악승이 천산에 있던 것은 우연이 아니었단 뜻이군.”

“훗. 처음엔 전대 교주님께서 천산에 계신 줄 알았습니다. 찾다가, 찾다가 주군을 뵌 것입니다. 그 순간 깨달았습죠. 전대 교주님께선 이미 제자를 들이셨다는 것을요.”

“…나?”

용악이 악승을 빤히 쳐다봤다.

악승은 용악의 반문에 고개를 끄덕였다.

“무슨 말을 하는지 알아듣게 해라.”

“저는 주군을 발견하고 얼마나 기뻤는지 모릅니다.”

“악승, 설마 사부님께서 혈교주였다고 말하고 싶은 건 아니겠지?”

“왜 아니겠습니까?”

배를 두드리며 벽화에나 나올 것 같은 주신의 모습을 한 악승은 자신만만해했다.

“그건 네 생각이다. 사부님께선 평생 어디에도 적을 두지 않으셨다고 하셨다.”

“다른 건 몰라도 제 눈은 정확합니다. 주군께서 사용하는 무공은 틀림없이 혈교의 무공… 아니지, 천마의 무공이 분명합니다.”

“내가 사용한 무공은 일흡의 무공이다, 악승.”

용악의 목소리는 담담했으나 한 번만 더 말을 꺼내면 가만 놔두지 않겠다는 경고가 담겨 있었다.

그것을 모를 악승이 아니었다.

“훗. 천산에서 저와 싸우실 때 제 천마신공에 전혀 영향을 받지 않았던 걸 기억하시죠? 그건 오직 천마신공을 익혀야 가능한 현상입니다. 물론 천마신공을 익힌 적 없다고 하실 겁니다. 하지만 일흡의 무공이 천마신공의 또 다른 형태일 수도 있다는 생각을 해보진 않으셨는지…….”

악승이 살피는 눈으로 용악을 쳐다봤다.

용악은 곧장 아니라고 부정하지 않았다.

최근에 겪은 일들이 빠르게 떠오른 탓이다. 익힌 적도 없는 천마십이수를 사용한 것이라든지 천마수로 인해 몸에 새겨진 불명확한 경로라든지.

"전혀."

아무리 많은 생각이 떠올라도 결론은 한 가지였다.

일흡의 무공에 원류가 있다는 것을 용악 스스로 인정할 순 없었다.

"주군, 오해하지는 마십시오. 제 생각엔 전대 교주님께서 임종하시기 전에 탈마(脫魔)의 단계로 오르시지 않았나 싶습니다."

"탈마?"

"천마께서 창안하신 모든 무공은 십성에 다다르면 마기에 지배를 받지 않게 됩니다. 전설에 의하면 천마께선 원래 정도 무공을 익혔던 분이라고 하시더군요."

"그런데?"

"천마의 무공이 일정한 틀을 벗어나게 되면 새로운 형태, 즉 일흡의 무공이 될지도……."

"……."

용악은 악승이 모두 말해주었음에도 수긍하지 못했다. 정도니 마도니 하는 말은 용악에게 무의미했다. 하나 원류에 대한 자부심은 바꿀 수 없었다.

“훗. 천산마제의 고집이 어련하시겠습니까? 그럼 한 가지 여쭙겠습니다. 주군께선 제가 천마수를 꺼냈을 때를 기억하십니까?”

“기억하지. 천마의 전설…….”

“그전에, 주군께선 무의식적으로 천마수를 가져가 끼고 계셨지요? 마치 천마수의 원래 주인인 것처럼 말입니다.”

“……!”

용악은 빠르게 천산에서 악승과 헤어질 때의 기억을 떠올렸다.

‘맞다, 나는 천마수가 뭔지 묻기 전에 끼었다.’

용악의 표정이 딱딱하게 굳었다.

악승의 말이 왠지 설득력있게 다가오자 용악은 섬뜩한 느낌에 오히려 악승을 노려봤다.

“주군, 일단 사림으로 가시지요. 숫자는 얼마 되지 않지만 진정한 혈교의 후예들이 모여 있는 곳입니다.”

악승은 용악이 뒷얘기를 궁금해하는 것을 알고서 화제를 돌렸다.

“목노와 뚱노가 지닌 방울이 천마수를 찾듯이… 천마수 역시 나를 찾았다?”

“뿌하! 역시 주군이십니다!”

악승은 진정으로 감탄하며 거대하고 둥그런 배를 마구 흔들어댔다.

"어지러우니까 배 좀 그만 흔들어. 정리해 보겠다. 그러니까 내가 천산으로 들어간 것과 악승을 만난 것, 천산마제가 된 것, 그리고 천마수를 받게 된 것까지 모두 안배된 것이다?"

"…그렇습니다."

악승은 아직도 출렁이는 배를 양손으로 진정시키며 고개를 끄덕였다.

'악승의 말은 앞뒤가 맞는다. 그렇다면 태산에서 내가 파천마궁의 호법들이란 자들을 상대할 때 쉽게 여겨진 이유가 그 때문인가?

일리가 있었다.

실제로 용악은 십인회의 고수들이나 십천좌의 무공을 사용하는 자들을 상대할 때보다 파천마궁의 고수들을 쉽게 격파했다.

"불민한 놈들이 저기 옵니다."

멀리 조그만 배가 노도 없이 일직선으로 다가오고 있었다.

배를 타고 한 시진 정도 이동하니 호수 중앙에 작은 섬 같은 것이 보였다.

"저긴가?"

"그렇습니다. 역시……."

"그만 해. 저거밖에 없잖아."

"그, 그렇기는 하지요."

악승은 뒤쪽에 있는 사림이종을 돌아봤다.

사림이종은 아무것도 못 들었다는 듯 서로 반대편으로 고개를 돌리고 있었다.

용악은 가까워지는 섬을 살폈다.

섬 끝에는 길쭉하게 자란 나무들이 솟아 있어서 안쪽이 잘 보이지 않았다.

배에서 내려 길쭉한 나무를 지나자 겉에서 볼 때와 전혀 다른 풍경이 펼쳐져 있었다.

멀리서 볼 때는 봉우리가 높이 솟은 것처럼 보이더니 그것이 아니었다.

나무를 지나자마자 상당히 넓은 평평한 공간이 모습을 드러냈고, 양옆으로 작은 구릉이 담처럼 올라와 있었다.

"대단하군."

"놀라시긴 아직 이릅니다."

악승은 자신만만한 표정으로 평지를 지나 육중한 문 앞까지 안내했다.

"여긴가?"

용악은 육중한 석문 위쪽을 올려다봤다.

"이곳이 사림의 입구입니다. 이곳까지 아무런 위협 없이 오신 분은 주군이 처음입니다."

"기관장치가 되어 있는 모양이지?"

“역시! 총 백이십여 개의 기관이 바닥에 숨겨져 있습니다. 제아무리 대단한 고수라도 고슴도치를 면하긴 힘들지요.”

“삼왕이 와도?”

“……”

“거짓말은.”

“……”

용악은 대답하지 못하는 악승을 지나치며 석문으로 시선을 돌렸다.

“사림의 주인께서 오셨다! 문을 열어라!”

목노가 불뚱이 튀기 전에 크게 소리쳤다.

그러자 ‘그그긍’ 거리며 석문이 열렸다.

“……!”

용악은 열린 석문 안을 보다 이채를 발했다.

지하 공간인 줄 알았던 곳에서 오히려 바깥보다 강한 빛이 흘러나오자 놀란 것이다.

천장은 자광석으로 가득했고 벽과 장식에서도 화사한 빛이 눈을 부시게 만들었다.

“주인님을 뵙습니다.”

작지도 크지도 않은 키에 아담한 몸매를 가진 여인이 다소 곳한 걸음으로 다가와 허리를 숙였다.

“신녀입니다, 주군.”

“신녀?”

“천마의 신전을 관장하는 여인입지요.”

“내가 뭐라고 불러야 하지?”

용악의 질문에 악승이 대답하기 전에 고개를 들었다.

맑은 눈이 용악을 향하자 악승은 아무 말도 하지 않고 가만히 있었다.

“신녀라고 부르시면 됩니다.”

“신녀? 이름은 없고?”

“신녀입니다.”

“알았다. 주인이란 사람이 초행이라 안내를 부탁해야겠군. 곧 익숙해지마.”

용악은 주인이란 말을 조금도 어색하지 않게 했다.

신녀가 고개를 들었다가 용악의 시선과 마주쳤다.

“……!”

신녀의 눈가에 잔경련이 일었다. 마치 꼭 쥐고 있던 무언가를 떨어뜨린 사람처럼 ‘철렁’ 하는 느낌이 든 까닭이다.

‘내게 이런 느낌을 갖게 한다는 것은……’

신녀는 급히 용악의 시선을 피하며 떨림을 추슬렀다.

운명이란 말을 믿지 않던 그녀였으나 그것은 용악을 보기 전의 말이었다. 지금은 용악이 천마의 후예란 것을 확신할 수 있었다.

‘드디어 오신 건가?’

신녀로서의 느낌이었다. 이 느낌은 신녀의 성별과는 무관한 신녀이기에 알 수 있는 감각이었다.

"주인님, 신녀가 주인님을 뵙습니다."

신녀는 양손을 소매 속에 넣은 채 들어 올려 눈을 가렸다. 최고의 예를 다한 것이다.

"……"

용악은 사림이종처럼 대하려고 건넨 말인데 신녀가 의외의 반응을 보이자 머쓱해지고 말았다.

"이제부터 물어볼 것이 있으면 신녀에게 모두 물어보십시오, 주군. 저흰 밖에서 대기하고 있겠습니다."

악승은 신녀의 태도를 보고 사림이종과 함께 뒤로 물러섰다.

"어딜……"

"이쪽입니다, 주인님."

용악이 악승을 돌아보자, 신녀가 용악의 말을 끊으며 지하 광장 안을 가리켰다.

사뿐히 걸음을 옮기는 신녀를 보다 용악은 이내 지하 광장을 가로질러 갔다.

"대장로님, 드릴 말씀이 있습니다."

목노가 흐뭇해하고 있는 악승에게 다가와 조용히 말을 건넸다.

표정이 무척 심각했다.

"후… 안 좋은 얘기면 하지 마."

“주인님과 관련된 얘기라서…….”

“말해봐. 무슨 일인데 그렇게 인상을 쓰는 거냐?”

“파천마궁의 대군단이 어디로 향하는지 알았습니다.”

“파천마궁? 그 배신자들이 어딜 가든 그게 주군과 무슨 상관인데?”

“그들의 목표가 황보세가랍니다. 주인님께서 한동안 그곳의 식객으로 지내신 적이 있으십니다.”

“식객?”

악승의 살찐 얼굴이 일그러졌다.

그가 아는 천산마제 용악은 남에게 절대 신세를 지는 사람이 아니었다.

지금은 악승에게 무척 중요한 순간이었다.

고민하지 않을 수 없는 것이다.

“…또 한 가지가 있습니다.”

“또?”

악승의 통통한 얼굴에 짜증이 살짝 묻어났다.

“이곳으로 오다 금지된 무공을 사용하는 자들을 만났었습니다.”

“그거야 흔한 일이잖아?”

“처음엔 저희도 그렇게 여겼습니다. 한데 모여드는 숫자가 상상을 초월합니다. 그래서 조사를 시켰더니…….”

“시켰더니?”

"파천마궁을 십인회의 총단으로 만든다고…….”

"빨리 말 못하냐?”

"파천마궁주가 황보세가로 직접 간 것 같습니다.”

"큭. 파천마궁주가 직접?”

"예.”

"……!”

악승의 표정이 완전히 일그러졌다.

이 일을 보고하는 순간 어떤 일이 일어날지 예감한 까닭이다.

용악은 한 석실 앞에 도착했다.

석실은 테두리를 금으로 두른 금빛 석실이었다.

안으로 들어가자 신녀는 문을 닫고 용악을 금으로 만든 태사의에 앉혔다.

"무엇이 궁금하십니까, 주인님?”

신녀는 태사의 옆에 시립해 여전히 소매로 얼굴을 가린 채 물었다.

"혈교.”

용악은 서슴없이 대답했다.

"혈교에 대해선 전혀 궁금해하실 것이 없습니다. 혈교는 궁금해하실 것이 아니라 명령을 내리셔서 바꾸시면 되는 것입니다.”

신녀의 단호한 대답에 용악은 이채를 발했다.

"내 것이라고?"

"그렇습니다."

"사림, 수라혈, 파천마궁으로 나뉘었다고 하던데?"

"겉으론 그렇습니다. 하나 셋으로 나뉘고 싶어하는 두 곳의 착각일 뿐입니다. 수라혈과 파천마궁은 혈교의 무공을 훔쳐 달아난 이단자들이 만든 곳이지, 결코 혈교의 맥이 아닙니다."

똑 부러지는 설명에 가녀리게만 봤던 신녀에 대한 인상이 조금은 바뀌게 됐다.

"시원해서 좋군. 계속해 봐."

"엄밀히 말씀드리면, 사림 역시 혈교의 맥을 잇지는 않았습니다."

"……?"

"사림은 혈교가 만들어지기 이전부터 존재하던 독립적인 곳입니다."

"그게 무슨 말이지?"

"현재 활동하고 있는 사림의 고수들은 혈교에서 흡수된 사람들입니다. 사림의 고수들은 대장로님을 제외하고는 아직 강호에 모습을 드러낸 적이 없습니다."

"그럼 사림이종은?"

"그들은 그저 심부름을 하는 자들입니다. 사림의 정예에

비하면 다소 실력이 떨어지지요."

"……!"

용악은 놀란 표정을 숨기지 않았다.

신녀가 다소라고는 했지만 표정에는 자부심이 가득했기 때문이다.

"사림의 정예는 모두 대장로님 못지않은 고수들입니다."

"몇 명이나 되지?"

"모두 열여덟 명입니다. 평생 천마께서 남기신 무공을 익힌 사람들입니다."

"천마?"

"전대 혈교주님도 결국은 천마의 후예이시기 때문입니다. 주인님 역시 마찬가지시고요."

'역시 천마수 때문이군.'

용악은 신녀의 말에 머쓱해져서 천마수를 매만졌다.

천마수 때문에 얻게 된 호칭으로는 과하다는 생각이 든 탓이다.

사림이종이 주인님이라고 불렀을 때와는 큰 차이가 있었다. 석실 안의 조명과 신녀가 풍기는 분위기가 묘한 조화를 이루며 용악이 무척 특별한 사람처럼 인식된 까닭이다.

"사림은 지난 오백 년 동안 천산을 감시했습니다. 천좌 과 극천의 후예가 천산을 넘지 못하게 하기 위해서입니다."

"천좌를 알고 있었나?"

“그를 감시하는 것이 사림에 주어진 사명 중 한 가지입니다.”

‘사명?’

용악은 천좌의 엄청난 무공과 오백 년 전에 있었던 비사를 검왕으로부터 처음 들었다.

그런 그의 얘기를 사림은 알고 있었다?

그렇다면 사림의 대장로라는 악승은 진즉부터 알고 있었다는 의미였다.

“악승은 그걸 알고 있었나?”

“대장로께선 당연히 알고 있습니다. 하나…….”

“……!”

용악의 표정이 굳어지자 신녀는 급히 말을 이었다.

“사림의 사명은 외부에 발설해선 안 됩니다.”

“내가 주인이라고 하지 않았느냐?”

“그때는 아니었을 겁니다.”

“…….”

“천마께서 남기신 유지입니다. 대장로께선 그 유지를 훌륭히 수행하셨을 뿐입니다.”

“…….”

“신녀의 역할은 주인님을 보좌하는 것 외에 사림의 정보를 담당하도록 되어 있습니다. 궁금한 것이 있으면 제게 물어보라고 하신 이유가 거기에 있습니다. 그동안 사림에서 알아낸 것에 대해 말씀드려도 되겠습니까?"

용악이 악승에 대해 기분 나빠할 틈을 주지 않으려는지 신녀의 말이 빨라졌다. 그러면서도 똑소리 나는 말투는 잃지 않았다.

"듣고 싶다."

"천좌의 무공을 익히고 있는 자들에 대한 정보입니다."

"십인회라면 나도 알고 있다."

"십인회는 문제도 되지 않습니다."

신녀의 대답에 용악의 표정이 살짝 굳어졌다.

용악이 어느 정도나 알고 있는지도 모르면서 너무 단호하게 잘라 버렸기 때문이다.

"십인회에 대해 얼마나 알고 있나?"

"전부라 해도 될 정도로 알고 있습니다. 그들의 첫 움직임을 포착한 것도 사림이 제일 먼저였습니다. 하나 사림에선 그들에 대해 신경 쓰지 않습니다. 그들은 그저 천좌의 무공을 익힌 부류에 불과하기 때문입니다."

'그저?'

부절에 이어 도절과 싸워본 용악이었다.

그들은 '그저' 라는 말로 넘어가기엔 무리가 있었다. 그런 그들을 신녀는 대단하게 여기지 않는 정도가 아니라 아예 무시를 했다고 한다.

"무시한 건가?"

"사실 전혀 신경 쓰지 않은 것은 아닙니다. 처음엔 의아했습니다. 주시하고 있던 천산에선 아무도 내려온 적이 없다고 하는데 천좌의 무공이 퍼졌기 때문입니다."

용악은 신녀의 말이 계속될수록 집중되어 갔다.

"천좌의 무공을 익히기에 적합한 체질은 없습니다. 선천적으로는 살(殺)을, 후천적으로는 한(恨)을 지닌 자들을 찾아 열 가지 무공을 전한 것이지요."

신녀가 잠시 말을 멈추며 용악의 안색을 살폈다.

용악이 표정이 굳어진 까닭이다.

"신경 쓰지 말고 계속해라."

"…예."

이어진 신녀의 설명은 무척 길었다.

천좌는 자신의 무공을 익히고자 하는 이들에게 아낌없이 주었다. 그럴 수 있는 것은 그의 무공은 그만이 대성할 수 있는 무공이기 때문이다.

그 뒤로 오백 년이 흘렀다.

검왕의 말처럼 강호의 무공도 비약적인 발전을 했지만 그의 무공 역시 수많은 해석을 거치며 익히기 쉬운 형태로 변했다.

"누군가가 실험을 한 건가?"

용악은 얘기를 듣다가 담담하게 물었다.

"그렇습니다. 지난 몇십 년 동안 꾸준히 천좌의 무공을 익힌 자들이 나타난 이유이기도 합니다."

신녀가 감탄한 표정으로 대답했다.

"누구지?"

"아직 밝혀내진 못했습니다. 개인인지 세력인지조
차……."

신녀는 분한 표정을 숨기지 않았다.

거기까지만 해도 용악에겐 대단한 비사로 들렸다.

현재 일어나고 있는 강호의 일들이 결국 과거에 누군가가
떨어뜨린 씨앗이 발전한 형태에 불과하다는 뜻이기 때문이
다.

용악은 십천좌를 직접 상대해 본 입장에서 십인회의 뒤에
있는 자, 혹은 자들이 누구일지 궁금해질 수밖에 없었다.

그러다 문득 용악의 머릿속에 스치고 지나가는 생각이 있
었다.

'혹시 그… 자부문의 대사형이란 자가?'

자전검을 사용하던 북단야가 떠오른 것이다.

"최대한 빨리 그, 혹은 그들의 정체를 밝혀내겠습니다."

신녀는 용악이 갑자기 인상을 쓰자 급히 허리를 숙이며 대
답했다.

"아니다. 생각나는 것이 있어서 그렇다."

"……."

"나중에 자부문이란 곳에 대해… 아니, 자부문의 대사형

북단야란 자의 뒤를 조사해 봐라.”

“자부문의 북단야. 그 사람만 조사하면 됩니까?”

“그래.”

“알겠습니다. 그리고 여기…….”

신녀는 말을 미루며 한쪽에 놓여 있던 옥갑을 내밀었다.

“이게 뭐지?”

“사림의 주인께 전해지는 비급입니다. 이 안에는 천마께서 남기신 무공과 신물… 에 관한 모든 것이 담겨 있습니다.”

신녀는 신물이란 말에서 잠시 머뭇거렸다.

“보자.”

용악이 옥갑을 가져가 열었다.

딸깍.

옥갑이 열렸다.

“주, 주인님, 저는 이만 물러가겠습니다. 다 보시고 난 후에 다시 불러주십시오.”

신녀가 갑자기 당황하며 급히 물러서려 했다.

“있어도 상관없을 것 같다.”

용악은 자리를 피해주려는 신녀를 제지시켰다.

“그 옥갑은 오직 주인님만이 보실 수 있습니다.”

신녀는 용악이 옥갑에 손을 대자마자 급히 물러서며 석실 밖으로 나갔다.

“왜 저러지?”

조금 전까지 똑소리 나게 이건 이렇고 저건 저렇다고 설명
하던 신녀의 행동이 이상했다.

그러나 싫다는 사람을 굳이 있으라고 하는 것도 이상해 옥
갑으로 시선을 돌렸다.

옥갑 안에는 오래된 양피지와 몇 권인지 모를 얇은 책자들
이 들어 있었다.

오래된 양피지에는 알 수 없는 글들이 빽빽히 적혀 있었다.
용악은 고개를 갸웃거린 후 이번엔 책자를 집어들었다.

"아! 이 글이 범어(梵語)구나."

'천마비서'라 적힌 책자 첫 머리에 양피지와 관련된 내용
이 적혀 있었다. 양피지의 내용은 천마비서이며 그것을 해석
해 놓은 것이다.

…불가와 도가의 무공에 심취해 일백칠십 년을 보냈다. 세상
의 이치를 깨달았고, 스스로 무(武)에 대한 완성을 해야 할 시기
가 도래했음을 깨달았다.

천마는 천마비서를 완성한 후 아끼던 제자 열 명에게 아낌
없이 가르쳤다. 제자들은 자질이 뛰어났기에 금방 익혔고 강
호로 나가 일가들을 이루었다.

제자들은 하루가 다르게 강해져 갔고 곧 강호를 움직이는
열 개의 문파로 성장했다.

천마는 제자들이 천마비서를 잘 터득할 것이라 믿고 천마동이라 이름 지은 곳으로 들어갔다.

그렇게 십여 년이 지났다. 그러던 어느 날 제자 중 한 명이 천마비서에 문제가 있다며 천마를 찾아왔다.

천마동으로 들어온 제자는 천마에게 예를 취한 후 곧장 오목조목 천마비서의 문제점들을 지적해 갔다.

천마는 가만히 듣다 갑자기 제자를 제압했다.

그러자 제자는 미친 듯이 발광하며 사기(邪氣)를 뿜어댔다. 놀라운 것은 찾아온 제자가 말했던 다른 제자의 증상과 일치했던 것이다.

하루에 한 번씩 걷잡을 수 없는 살기가 치밀어 오르며 하루라도 살인을 하지 않으면 안정이 되지 않는다고 했던 그 증세였다.

천마는 제자들에게 천마비서를 가져오라고 명령했다. 하나 제자들은 이미 강호의 패자들이 된 후였다. 그들은 천마의 말을 순순히 따르지 않았다. 이에 크게 노한 천마가 직접 강호로 나가는 일이 일어났다.

제자들은 자신들의 세력을 모아 천마에 대항했지만 천마의 무공은 이미 인간이 상대할 수 있는 수준을 훌쩍 뛰어넘은 뒤였다.

천마의 손에 제자 넷이 죽고 나머지 다섯도 제압당해 무릎이 꿇려졌다.

그때까지도 천마는 제자들이 마음을 돌리면 용서해 주려 했다. 제자들은 참회의 눈물을 흘리며 천마에게 매달렸다.

…제자들을 잘 가르치지 못했다는 사실이 노부로 하여금 좌 화하지 못하게 만들었다. 결국 노부는 다섯 제자의 무공을 폐지 시키고 천마동에 가두었다. 그들은 평생 천마동을 떠나지 못할 것이다.

용악은 천마가 무척이나 마음이 여린 사람이라고 생각했 다.

…좌화하기 전 결국 천마비서의 문제를 해결할 수 있는 방법을 발견했다. 그것은 어이없게도 심마였다. 노부는 천마신공을 만들 기 전에 청허대유(淸虛大柔), 보리패엽(菩提貝葉), 무위옥청(無爲 玉淸) 등의 불가와 도가의 심법을 모두 익히고 있었다. 그러기에 심마에 빠지지 않았던 것이다. 하나 제자들은 입문을 천마신공으 로 했기에 좁고 빠른 길로만 가려 했다.

용악은 마지막 글귀에서 가슴이 철렁했다.
'좁고 빠른 길……'
용악이 걸어왔던 길은 어떠했던가?
스스로에게 던진 질문이었다.

결코 넓은 길을 걸었다고 자부할 순 없었다.

천산에서 십 년의 세월을 오직 한 길만 걸었다.

그것은 좁은 길이었을까, 넓은 길이었을까?

용악은 다음 내용을 읽어갔다.

천마비서(天魔秘書).

다음 장을 넘기자 천마의 무공 요결이 자세히 적혀 있었다.

천마등등공(天魔騰騰功).

신법이었다.

…천마신공의 모든 무공은 하나에서 출발한다. 몸속에 있는 혼돈을 이용해 태극과 음양이란 극(極)에 대한 이해이다. 혼돈은 생성과 동시에 사멸을 반복한다. 불변의 다섯 가지 금(金), 목(木), 수(水), 화(火), 토(土). 상생상극의 윤화는…….

용악은 요결을 읽어 나가는 동안 머릿속으로는 이해를 했고 몸으로는 반응을 해보았다.

'아! 그때의 그 신법!'

생각과 동시에 단전에서 용천혈까지 이어지며 용악을 저절로 움직이게 만들었던 그 신법이다.

…천마등등공은 극에 이르면 눈으로 보는 것과 같은 속도를 낼 수 있다…….

눈으로 보는 것과 같은 속도를 낼 수 있다?

용악은 웃을 수도 없었다.

상상이 안 가는 속도였기 때문이다.

…천마등등공을 천마비서의 제일 앞에 적은 데엔 이유가 있다. 바로 천마등등공의 원리가 천마신공의 원리와 일맥상통하기 때문이다. 원래는 양쪽 뿔을 가진 악마의 문양, 천마인(天魔印)부터 적어놓았으나, 그렇게 되면 마기에 노출될 수 있음을 깨달았기 때문이다. 후예는 천마등등공을 익힌 후에 천마인을 익히도록 하라. 요결은…….

천마인으로 시작한 천마비서에는 총 세 가지의 무공밖에 없었다.

천마인, 천마수(天魔手), 천마벽(天魔壁).

천마인은 검지와 소지를 세우고 중지와 약지를 엄지로 누른 채 사용하면 된다. 격중되는 순간 악마의 형상이 새겨진다 해서 천마의 인장이라고 불리는 무공이었다.

"천마수가 이런 무공이었다니……."

용악은 천마수의 요결을 읽어 내려가다 깜짝 놀라 혼잣말을 했다.

천마수에서 파생된 무공이 천마십이수였다.

그러나 진정한 천마수는 천마십이수의 위력 정도가 아니었다.

천마수는 신체를 사용하는 무공이 아니라, 마음으로 기를 다루는 무공이다. 대성하게 되면 오직 섭물진기만으로도 상대를 격살할 수 있었다. 이는 이기어검(以氣馭劍)의 원리와 일맥상통한다고 했다.

"악승의 말이 사실일 수도 있겠다……."

용악은 무거운 한숨을 내쉬었다.

천마인, 천마수, 천마벽.

세 가지 무공에 대해 알면 알수록 일흡의 무공과 비슷하다는, 아니, 일흡의 무공이 세 가지 무공과 비슷하다는 것을 깨닫게 되기 때문이다.

세 가지 무공 중 일흡의 무공보다 약한 무공이 하나도 없었다. 특히 천마수와 천마벽은 일흡의 무공이 만벽의 상태를 넘어서게 되면 상상할 수 있을 정도의 위력에 대해 적혀 있었다.

절대 깨지지 않는 호신강기, 천마벽.

진기를 사물에 접목시켜 사용하는 천마수.

천마벽은 신체 자체가 벽이 되는 무공이고, 만벽은 몸을 보호하기 위해 가상으로 만든 기벽이었다.

천마수는 마치 일흡 나선투, 일흡 벽심, 일흡 급속을 한꺼번에 묶었다고 해도 과언이 아닐 정도로 포괄적인 무공이었다.

"한 번도 생각해 보지 않았다. 만벽을 내 몸에 심는다? 천마벽… 놀라운 무공이다. 이 천마비서는 내게 만벽을 넘어설 수 있는 가능성에 대해 제시를 하고 있다."

용악은 천마비서의 마지막 장을 넘겼다.

덮는 순간 용악의 몸에 변화가 일어났다.

은은한 광채가 용악의 전신을 감쌌다. 특히, 천마수는 진즉부터 투명해져 있었다.

단전에서 시작된 진기가 핏줄처럼 불룩해지며 천마수에서 뻗어 나온 것과 얽히기 시작했다.

용악은 익힌 적도 없는 천마인부터 천마수, 천마벽까지 손만 뻗으면 펼칠 수 있을 것 같았다. 머릿속으로는 많은 부분이 이해가 됐기 때문이다.

슥.

용악의 손이 올라갔다.

검지와 소지를 두고 나머지 손가락을 모아 앞으로 내밀었다.

흔들.

용악의 신형이 잠시 앞으로 쏠렸다가 원래대로 돌아왔다.

"……?"

용악은 자신의 손을 쳐다봤다.

투명해진 손은 여전히 그대로였다. 시선을 정면으로 들었다. 정면에는 아무런 변화가 없었다.

"분명 무언가 손을 통해 빠져나갔는……."

툭.

태사의에서 바라보고 있는 정면 벽에서 부스러기 같은 것이 떨어지더니 이내 기괴한 형상을 만들어냈다.

뿔 달린 괴물의 형상.

자체적으로 빛을 뿜는 돌이어서 변화가 느껴지지 않았던 것이다.

용악은 자리에서 일어나 벽으로 다가가 만들어진 문양을 만져 보았다.

손가락 마디 반 개 정도의 깊이로 파여져 있었다.

"내가 이걸 했단 말인가?"

용악의 입에서 믿기지 않는다는 목소리가 흘러나왔다.

겨우 책 한 번 읽어본 것으로 이런 무공이 가능할 리가 없었다.

"또 너냐?"

용악은 투명해진 천마수를 보며 이해를 했다. 그리고는 태사의로 돌아와 두 번째 책자를 집어들었다.

…천마의 후예라면 반드시 그가 천산을 넘어오는 것을 막아야 한다.

책자의 앞장에 적힌 글이었다.

용악은 책자에서 언급하고 있는 '그'를 알고 있었다.

천좌 과극천.

조금 전 보았던 천마비서보다 조금은 덜 오래된 책자였다.

…노부는 초대 천마께서 남기신 무공을 익혔기에 적이란 하늘 외엔 없다고 자부했다. 하나 그런 내 자부심은 네 명의 고수에 의해 상처를 입었다. 그들은 권, 검, 도, 수(手)를 사용하는 자들이었…….

'수? 손?'

용악은 권, 검, 도를 사용하는 자가 누군지 알 것 같았으나 마지막 수를 사용하는 고수에 대해선 알지 못했기에 고개를 갸웃거렸다.

…그들 넷의 무공은 노부의 마음에 상처를 안겨주었다. 하늘 외엔 적이 없을 줄 알았던 노부와 천 초를 겨룰 수 있는 고수가 넷이나 존재했던 것이다. 그러나… 그는 혼자였다. 그 한 사람을 몰아내기 위해 모인 노부와 네 명의 고수는 무려 칠 일 밤낮을 그와 싸웠다. 그는 이미 전 강호인과 싸운 뒤라고 했다. 그런 자가 우리 넷과 그토록 처절하게 싸운 것이다. 천좌… 그는 진정 대단했다. 싸우면 싸울수록 노부의 마음은 갈기갈기 찢어졌다.

결국 천좌를 천산 저 너머로 보내긴 했지만 죽일 수는 있었다. 떠나는 그를 노부는 죽일 수 없었다. 아니, 못 죽였다. 그것은 다른 자들 역시 마찬가지의 상태였다. 어쩌면 마지막 순간까지 노부는 패했는지도 모른다. 그는 두 발로 떠났고 노부는 움직일 기력 하나 없었으니……

오백 년이 지났는데도 강호는 아직 천좌의 망령에서 벗어나지 못하고 있었다.
용악은 가슴이 답답해졌다.
검왕과 함께 싸웠음에도 십천좌 중 넷밖에 죽이지 못한 것이 떠올랐기 때문이다.

…노부는 좌화하기 전까지 수도 없이 고민에 고민을 거듭했다. 초대 천마께선 이런 일이 일어날 것을 아시기라도 했는지 자신의 무공을 양손에 모은 후 그것을 수투로 남기셨다. 노부가 만약 천마수의 기연을 얻었다면 결과는 알 수 없었을 것이다. 하나 노부는 당시만 해도 탈마의 경지에 이르지 못했다. 천마수를 끼고도 심마에 빠지지 않을 자신이 없었기 때문이다.
결국 그 경지는 좌화하기 직전인 지금에서야 이루었다. 후대의 천마에게 두 가지를 남긴다. 탈마의 경지에 이르지 못했어도 천마수를 사용할 수 있는 마문정과 호신강기가 필요없는 곤(袞)이다.

'마문정이라면 헌원 노사가 가지고 있다는 것이 아닌가? 천마수를 사용하고 있는 내겐 무의미한 것이고… 곤? 이건 또 뭐지?'

용악은 책에서 시선을 떼어 옥갑을 뒤져 봤다.

옥갑에는 더 이상 아무것도 남아 있지 않았다.

…곤은 무형의(無形衣)다. 입는 옷이 아니라 후대 천마에게 알아서 덮이는 옷이다. 원하기만 하면 언제든 취할 수 있으나, 원한다고 누구나 취할 수는 없는. 후대 천마는 곤을 잘 사용하도록 하라.

'곤?'

용악은 책을 덮으며 옥갑 안에 있을 곤을 찾았다. 하나 아무리 뒤져도 옷의 형태를 띤 물건은 보이지 않았다.

"다른 천마가 사용했나?"

천마비서를 통해 얻은 무공만 해도 엄청난 기연이라 여기던 중이었다. 용악은 이내 곤에 대한 생각을 지웠다.

"일곱의 무공이 천마의 무공이라… 사부님께서 혈교의 교주였던 사실이 대단하게 여겨지지 않을 정도로 충격적이군."

사실 용악에게 있어 천마니 혈마니 하는 것들은 큰 의미가 없었다.

용악에게 이루어야 할 목표를 준 사부가 있다는 것이 중요
했고, 그것을 이루고자 노력한 용악이 일흡의 무공을 대성했
다는 사실이 중요했다.

그러나 달라진 것도 있었다.

용악의 뿌리가 천마로부터 시작됐다면 그것을 받아들이면
되는 것이다.

천마비서를 어느 정도까지 익히게 될지는 아직 단정지을
수 없었다. 만벽에 이르는 길이 아닌 새로운 길을 제시하고
있기 때문이다.

어쩌면 만벽을 넘는 길일지도 몰랐다.

용악은 태사의에 앉은 채 상념에 빠져들었다.

천마수를 통해 몸에 새겨진 경로들과 의식하지 않아도 사
용할 수 있던 무공들에 대한 생각들이었다.

그때는 단순히 천마수의 영향을 받았다고 여겼던 수수께
끼들이 풀리고 있었다. 천마수의 영향이 아니라 처음부터 지
니고 있었던 것들이라는 것을.

확인은 해야 했다.

문밖에 있을 신녀를 불렀다.

"신녀, 들어와라."

잠시 후, 신녀 대신 악승이 들어왔다.

"악승?"

"보고드릴 것이 있습니다, 주군."

악승은 진땀을 빼며 입을 열었다.

"뭐지?"

"황보세가라고… 아십니까?"

"알지."

용악의 표정이 굳어졌다.

악승은 천산에서도 용악에게서 저 정도의 변화를 본 적이 없었다.

"…그, 그러셨군요."

"빨리."

"그곳으로 파천마궁주가 무리를 이끌고 직접 가는 중이라고… 힉!"

악승은 보고를 끝까지 마치지 못하고 뒤로 물러섰다.

용악의 표정의 굳은 정도가 심각했기 때문이다.

꿀꺽.

악승은 절로 마른침이 삼켜졌다.

"악승."

"예."

"황보세가에 안 좋은 일이 생긴다면 그 책임을 물을 거야. 지금 당장 태산으로 간다. 최단거리로 안내하는 것이 좋을 거야."

용악의 목소리는 담담했다. 하나 담담함 속에 내포되어 있는 분노를 악승은 너무도 잘 알 수 있었다.

"아, 안내하겠습니다, 주군!"

악승이 재빨리 석실을 나섰다.

용악은 악승을 뒤따르려다 한쪽에 시립한 채 고개를 숙이고 있는 신녀에게 말을 건넸다.

"급한 일이 있다. 돌아와서 마저 보겠다."

"준비해 놓겠습니다."

신녀는 용악의 결정에 한마디도 토를 달지 않았다.

똑 부러지는 말솜씨만큼이나 용악을 편하게 해주는 여인이었다.

第九章
태산을 뭉개 버리겠다

천산마제

천산마제

북단야는 보름 가까이 무작정 달렸다.

북단야에게 무공을 가르쳐 준 노인은 자신을 찾으려면 안휘성 구화산(九華山)으로 오라고 했다.

땅— 땅—!

산 여기저기서 정을 쪼는 망치 소리가 끊이지 않았다.

사방 어디를 둘러봐도 불상 천지인 산이었다.

쿠르르—

북단야는 하늘을 올려다봤다.

"질기게도 쫓아다니는구나."

먹구름이 하늘을 잔뜩 가리고 있었다.

안휘에서 떠날 때 이후 처음 보는 하늘이 검었다.

그 때문인지 안휘에서 겪었던 수모가 또다시 북단야로 하여금 치를 떨게 만들었다.

"원수가 누군지도 모르는 멍청이는 죽어도 그만이라고? 다시는 그런 수모를 당하지 않을 것이다."

북단야의 눈에서 한광이 번뜩였다.

심장이 아파왔다. 용악의 한마디는 비수가 되어 북단야의 심장에 박힌 것 같았다.

원수가 누군지 모른다? 알고 있었다.

북단야의 원수는 사파삼대세력이었다.

그들 때문에 사부인 자부선인이 죽임을 당했고 자부문은 지리멸렬됐다.

"모두가 힘 때문이다. 내가 힘이 있었다면 그런 수모는 당하지 않았어."

북단야의 머릿속에 용악이 가볍게 상대했던 세 사내가 떠올랐다. 현재의 북단야로서는 그런 실력이 없었다.

"강해지고 싶습니다!"

북단야의 염원이 메아리가 되어 구화산을 떠돌았다.

그러나 어디에도 반응은 없었다.

북단야는 곧 마음을 다잡으며 다시 산을 올랐다.

누워 있는 불상, 벽에 서서 온화함을 뿌리는 불상, 아슬아슬하게 서서 아래를 내려다보는 불상까지.

온통 불상으로 가득했다.

"그새를 못 참고 온 건가?"

그늘진 곳에 가부좌를 틀고 앉은 불상 옆에 구부정한 허리를 하고 귀밑머리를 늘어뜨린 한 노인이 북단야를 아는 척했다.

"어르신!"

북단야는 노인을 보자 참았던 눈물이 왈칵 흘러나왔다. 이런 기분은 처음이었다. 돌아가신 사부님이 환생했다고 해도 이렇게 반갑지는 않았을 것이다.

"무슨 일인고?"

"강해지고 싶습니다."

"어허, 무슨 일이 있었기에 그렇게 서러울꼬?"

"강해지고 싶습니다. 누구도 저를 무시하지 못할 만큼 강해지고 싶습니다."

"……."

노인은 같은 대답만 하는 북단야를 보며 걱정스러운 표정을 지었다. 하나 그것도 잠시, 북단야를 안아주며 짓는 노인의 표정은 싸늘했다.

"힘을 주마. 네 원한이 싹틀 수 있도록 힘을 주마, 아주 강한 힘을."

노인의 목소리는 차가웠다. 하나 북단야의 귀에는 달콤하기만 했다. 자신의 원한을 함께 느껴준다는 생각을 갖게 해줬기 때문이다.

"보아라."

노인은 다독이던 북단야를 밀어내며 한쪽에서 온화한 미소를 뿌리고 있는 불상을 가리켰다.

북단야는 노인의 손을 쳐다봤다.

"마음이 일면 눈에 보이는 모든 것은 허상일 뿐이다. 네게 이 힘을 주겠다."

"……?"

노인의 말이 끝났음에도 불상에는 아무런 변화가 없었다. 북단야가 의아한 표정으로 노인을 돌아보려는 순간, 불상에서 '틱' 하는 소리가 터져 나왔다.

쿠와앙!

불상의 머리가 사선으로 미끄러졌고 뒤이어 어깨와 가슴 일부가, 또 나머지 가슴과 허리가 차례대로 땅에 떨어졌다.

꿀꺽.

북단야는 자신도 모르게 마른침을 삼켰다.

'이거다! 이거면 그자를 상대할 수 있을지도 모른다! 아니, 상대할 수 있다!'

쓰러지는 불상이 북단야의 눈에는 용악으로 보였다.

"배우고 싶습니다!"

"갖게 될 게야, 진정 원한다면."

"진정으로 원합니다!"

"잃을 것이 많아도?"

"원합니다!"

"그럼 됐다."

노인은 굳었던 표정을 풀고 처음의 자애스런 모습으로 돌아왔다.

'세상이 혼란하면 혼란할수록 나와 두 친구는 좋지. 십천좌는 천산을 넘어오다 발이 묶였고, 십절은 세상을 잘 흔들고 있고. 이제 슬슬 우리의 세상을 만들 때가 된 모양이군. 흐흐흐.'

북단야는 계속해서 어깨를 들썩였다.

노인은 북단야의 어깨를 만져 보자 그동안 상당히 열심히 수련했음을 알 수 있었다.

'네게 운외반간을 알려주마. 진짜가 봐도 깜짝 놀랄 만큼 뛰어난 운외반간을. 우리가 만들어낸 운외반간을.'

노인의 입가에 흡족한 미소가 얹혀졌다.

쿠르르— 콰콰쾅!

뇌성벽력과 함께 시원한 폭우가 구화산 전체로 쏟아져 내렸다.

노인은 구화산에서 아주 유명했다. 구화산에 들어와 불상 천 개를 만들었다고 해서 붙여진 별명이 천불노인(千佛老人)이었다.

*　　　*　　　*

쏴아아—

비 때문에 심해진 안개는 태산의 모습을 제대로 볼 수 없게 만들었다.

"비가 내린다, 완아."

마차에서 밖을 내다보던 파천마궁주 조빈이 혼잣말을 했다.

"사부님, 불편하시면 쉬었다 가겠습니다."

조빈의 혼잣말을 들었는지 가까이 붙어서 수행하던 적완이 조용히 물었다. 조빈이 비를 싫어한다는 것을 잘 아는 까닭이다.

"황보세가까진 얼마나 남았느냐?"

"이틀 뒤면 만반의 준비가 끝날 것 같습니다."

"장제의 목숨이 이틀 남은 셈이구나."

"그렇습니다."

적완의 대답에 조빈은 눈을 감았다.

겨우 보름 남짓 이동했을 뿐인데 몸이 좋지 않았다.

그저 기분이 그런 것뿐일 수도 있었다. 하나 지금껏 괜찮던 기분이 태산을 눈앞에 두고 이상해질 리는 없었다.

'나도 나이를 먹었나? 느낌 따위에 뒤숭숭해지는 기분이라니. 장제, 꿈꿀 날이 이틀 남았구나. 아니지, 마문정의 주인이

바뀌는 날이라고 해야 하려나? 크크크.'

삼마군은 오악무제가 아닌 삼왕과 나란히 불려야 하는 존재였다. 적어도 조빈은 그렇게 생각했다.

후두두둑.

'사부님께서 지나치게 표정을 드러내신다.'

적완은 조빈이 탄 마차와 부딪쳐 시체처럼 땅을 적시는 빗물을 바라봤다.

황보세가에서 벌어질 모습이었다. 조빈과 적완이 이끄는 파천마궁의 삼백 마인과 부딪쳐 피 비를 뿌려댈 황보세가의.

'인정하긴 싫지만 나는 지금 그 어느 때보다 긴장하고 있다. 장제… 궁의 일곱 호법을 혼자서 물리쳤으며 요즘 소문이 무성한 십인회의 공격도 막아냈다. 과연 어떤 자인가?'

적완은 긴장된 마음을 감추기 위해 말 머리를 돌려 부하들에게 서두르라는 지시를 내렸다.

뒤쪽으로 길게 이어진 파천제일단과 파천제이단 삼백 마인.

보는 것만으로도 적완의 걱정을 싹 날려주었다.

이제 진을 구축해 밑에서부터 풀 한 포기 남김없이 쓸어가면 되는 것이다.

*   *   *

파천제일단 최고의 수색대원 모인의 특기는 잠입과 적의 동태 살피기였다. 데리고 온 부하 다섯은 모인에게 특별 지도를 받았다.

'황보세가 정문으로 가는 길은 한 군데지만 돌아가면……'

모인은 부하 다섯을 황보세가 근처로 돌아가게 만든 후 뒤쪽으로 갔다.

산을 등지고 지은 장소라 내려다보면 황보세가의 전경이 모두 보일 거란 생각에서 선택한 위치였다.

그러다 문득 걸음을 멈췄다.

파천마궁의 일곱 호법이라고 이런 생각을 하지 않았을까?

모인은 조심스럽게 주위를 살폈다. 인기척도 없었고 지나간 흔적도 없었다. 더구나 비까지 오고 있었다. 과민한 반응일지도 몰랐다.

훌쩍.

나무 위로 올라가 최대한 흔적을 남기지 않고 이동했다. 혹시나 절벽 위쪽에 지키고 있는 자들이 있을까 싶어 중턱에서 절벽 아래쪽 틈을 이용했다.

탕―! 탕―!

요란한 망치 소리와 느릿하게 움직이는 자들.

황보세가는 아직 파천마궁에서 노리고 있음을 모르는 것

처럼 보였다.

첫날은 그렇게 지나갔다.

둘째 날 새벽, 모인은 같은 장소로 이동했다.

비는 그쳤지만 황보세가 내부는 안개 때문에 잘 보이지 않았다. 하나 어제보다 더 조용하다는 것을 느낄 수 있었다.

여의단도 있는데 우리가 온 줄 모른다?

모인은 일곱 호법이 죽은 곳치고는 너무 쉽다는 생각을 했다. 일단 부하들에게 휘파람을 불어 신호를 보냈다. 이상 없다는 신호였다.

신호를 마치고 돌아서던 모인의 앞.

"……!"

단단한 체구의 사내가 서 있었다.

"끝났냐?"

'고수다!'

"파천마궁?"

사내가 다시 물었다.

모인은 진기를 최대한 끌어올려 공격할 준비를 했다.

파천제일단에서 가장 유능한 수색대원인 그였다.

사내의 공격을 한 번만 피하면 도망칠 수 있었다.

"큿. 오늘 또 온다고 하더니 정말이었네."

"……?"

"여의단도 좀 쓸모가 있군."

‘이자… 무쌍권이다!’

“큭. 도망갈 궁리는……. 죽으면 소용도 없는 건데.”

구징효의 입가에 미소가 피어났다.

흐린 날씨 때문에 길게 그어진 검상이 도드라졌다.

모인의 시선이 검상에 닿아 있을 때였다.

쉬익!

구징효가 모인의 얼굴을 향해 주먹을 뻗었다.

팡!

모인의 웅변으로 주먹이 허공을 때렸다.

순간, 구징효의 주먹이 그대로 아래로 향했다.

뿌각!

가슴뼈가 함몰되는 소리였다.

모인은 자신이 이렇게 쉽게 당했다는 사실을 못 믿겠다는 눈으로 다리가 뒤로 꺾인 채 구징효를 쳐다봤다. 구징효는 그대로 다리를 올렸다.

모인의 목이 옆으로 꺾이더니 비명 한 번 지르지 못하고 절벽 아래로 추락했다.

“우리도 준비는 하고 있었다고.”

구징효의 눈빛이 사납게 변했다.

“큭. 여섯 놈 모두 찍소리 못하게 처리하긴 했지만 그냥 내려가서 싹…….”

구징효는 방으로 들어서며 인상을 썼다.

방 안에는 꽤 많은 사람들이 모여 있었다.

"삼백 명을 구 대협 혼자 처리하려고요?"

제갈기가 고개를 들며 반문했다.

"뭐? 사, 삼백 명?"

"그것보다 더 심각한 것이 있어요."

여인의 목소리였다.

"쿵. 더 심각한 것?"

구징효는 여인을 돌아봤다. 여의단에서 파견 나와 황보세가를 떠나지 않은 희수였다.

"파천마궁의 삼백 마인을 지휘하는 자가…….."

"아, 빨리!"

"파천마궁주래요."

"삼마군? 파천마궁의 궁… 주?"

구징효는 미심쩍은 표정으로 희수를 쳐다봤다.

"일곱 호법을 잃었으니 그럴 만도 하지만 직접 나설 줄은 몰랐네요."

피곤이 광대뼈까지 내려와 보이는 제갈기였다.

그때, 방문이 열리며 제갈기보다 더 안 좋은 안색을 한 황보성이 들어왔다.

"어떻게 됐나, 성?"

제갈기가 자리에서 일어나며 황보성을 부축해 자리에 앉

했다.

"끝났네."

황보성은 옷에 묻은 흙을 털어내며 희미하게 웃었다.

"…정말 고생했네."

제갈기는 자신도 모르게 황보성의 손을 잡았다.

황보성이 무슨 일을 하고 왔는지 잘 아는 까닭이다.

"고생은. 내가 제일 편한 일을… 쿨럭… 했지."

"나머지는 우리에게 맡기고 쉬게."

"아니. 난 괜찮네."

황보성은 누가 봐도 쉬어야 하는 얼굴로 고집을 부렸다.

"쿵. 가주, 가주가 쉬어야 나머지 사람들도 쉴 수 있는 거요. 이렇게 철인인 척하다가는 병나요."

구징효가 성큼성큼 걸어가 황보성의 양쪽 어깨를 잡았다.

"구, 구 대협……."

"모셔다 드리리까?"

"아, 알겠습니다. 그럼 잠시 눈을 붙이고 나오죠."

"잘 생각하셨소."

구징효가 최대한 밝게 웃으며 엄지손가락을 들었다.

황보성은 며칠 동안 기관진식을 재설치했다. 신공장의 도움으로 진식은 더욱 정밀해질 수 있었다.

고수의 대열에 끼지 못한 자들만 막아도 엄청난 수확이라

할 수 있었다. 황보세가의 가주로서 그것이라도 하지 않으면 마음이 편치 않았던 것이다.

"십대세가에서 보내준 무인들과 여의단의 무인들… 그리고 우리들과… 장제께서 함께 계십니다. 막을 수 있습니다."

제갈기가 힘주어 말했다.

"크큭. 이 사람, 뭐가 그리 심각해? 나만 믿어."

"그렇게 될까 봐 걱정이에요."

제갈기가 쓴웃음을 지으며 혼잣말을 했다.

그나마 농담을 할 사람이 있어서 다행이었다.

"뭐라고? 지금 뭐라고 하지 않았나?"

구징효가 고개를 갸웃거리며 제갈기를 멈춰 세우자, 보드라운 손이 구징효의 손을 잡았다.

"구 대협, 이쪽으로……."

희수가 배시시 웃으며 구징효를 잡아끌었다.

구징효는 붉어진 얼굴을 돌리며 헛기침을 연발했다.

"휴우……."

헌원경이 길게 숨을 내쉬며 대전을 나오자 뒤이어 신공장과 돈오도 모습을 드러냈다.

"고생했네, 헌원 늙은이."

"고생한 거 맞다."

신공장과 돈오가 거의 동시에 입을 열었다.

헌원경은 뒤를 돌아봤다.

지난 보름 동안 대전 안에선 엄청난 일이 벌어졌다.

세 사람의 내력으로 황보소소의 체질을 바꾼 것이다.

"역시 헌원 늙은이의 핏줄이군. 여자로서 저 정도 자질은 흔치 않지, 암."

신공장은 황보소소의 칭찬을 아끼지 않으며 헌원경의 말을 기다렸다.

"……."

헌원경은 대전 밖으로 나온 뒤로 흐릿한 하늘만 쳐다봤다.

"헌원 늙은이, 일단 요기라도 좀 하세."

이번에도 헌원경은 신공장의 말에 반응을 보이지 않았다.

'상당한 진기를 사용한 지금은 피곤하다. 하나 반나절만 지나면 언제 그랬느냐는 듯 원기가 충만해진다. 마문정… 그것 외엔 생각할 것이 없다. 혈강시에 마문정이라…….'

헌원경의 표정이 복잡해졌다.

신공장이 황보소소를 보호하는 강시가 혈강시임을 알려주었다.

"헌원 늙은이, 지금은 복잡한 생각을 피할 시기라는 걸 알잖나."

신공장은 헌원경이 무슨 생각을 하는지 알고 있기에 상념에서 깨웠다.

"그렇지."

"황보세가가 앞으로 크게 이름을 날리기는 날리려는 모양이네. 벌써 몇 번째 공격이야. 게다가 전부 굵직굵직하니. 모르긴 몰라도 십이대세가가 생긴 이후 처음일걸?"

"처음이지. 장제를 할아버지로 둔 세가도 처음이고."

돈오가 신공장을 지나치며 한마디 건네고는 새로 지은 조그만 소축으로 걸어갔다.

"말을 해도……. 가세, 헌원 늙은이."

신공장은 돈오에게 뭐라고 쏘아붙이고 싶었으나 이내 귀찮은 듯 손만 휘휘 저었다.

"도대체 어째서 파천마궁과 같은 세력이 황보세가를 못 잡아먹어 안달인 거지?"

여의단 산동 지부장 모재익은 파천마궁의 삼백 마인이 운집하고 있는 모습을 뒤쪽에서 지켜보며 마른침을 삼켰다.

실제로 파천마궁의 삼백 마인이 모두 움직일 줄은 상상도 못했기 때문이다.

총단에선 사마화인이 직접 서명한 서찰이 도착했다.

산동 지부의 전 인원을 데리고 태산으로 가라!

모재익은 황보세가에 액이 껴도 단단히 꼈다고 생각했다. 그렇지 않고서야 파천마궁과 십인회가 작정을 하고 공격할 리가 없기 때문이다.

"가만. 저, 저게 무슨… 내가 지금 환각을 보는 건가? 파천 마궁주의 둘째 제자 적완이 굽, 굽실거려? 정말 파천마궁주라 도 온 거냐!"

아무리 황보세가에 장제가 있다고는 하지만, 파천마궁주 가, 그것도 삼백 마인을 이끌고 왔다.

"이 싸움… 이미 끝난 거 아니야?"

모재익은 스스로에게 질문할 수밖에 없었다.

파천마궁주와의 싸움을 도와라?

계란으로 바위를 치라는 말과 다름 아니었다.

"파천제일단을 열 개 조로 편성해서 올리고 그 뒤를 파천 제이단이 받쳐 준다."

적완은 파천제일단주 계돈과 파천제이단주 추광에게 명령 을 내린 뒤 뒤쪽에 서서 지켜봤다.

파죽지세로 올라가기 시작하는 파천제일단의 모습은 장관 이었다. 삼백 명을 손가락 하나로 부렸다.

적완의 얼굴은 잔뜩 상기되었다.

황보세가에는 기둥 하나 남아나지 않을 것이다.

아직까지 반응이 없는 것을 보면 황보세가는 파천마궁이
쳐들어온 것도 모르고 있는 게 분명했다.

"올라가자."

조빈이 느긋하게 말했다.

"예, 사부님."

적완이 앞장섰고 그 뒤를 조빈이 마차에 탄 채 따라갔다.

조빈은 흔들리는 주위 광경을 보는 것이 그다지 나쁘지 않
다고 생각했다.

올라간 삼백 마인만으로는 안 되는 자들이 있었다. 그들에
대한 대비도 끝낸 상태였다.

열 구의 혈강시.

조빈에겐 그것이 있었다.

"아직… 좀 더… 십 장… 오 장… 올려!"

아래쪽을 지켜보다 황보성이 크게 소리쳤다.

그러자 낮게 고개를 숙이고 있던 무인들이 일제히 팽팽히
당겨진 밧줄들을 끊어내기 시작했다.

파웅! 끊어진 밧줄을 잡아당기는 곳은 한참 아래쪽에 있는
기관이었다. 기관 안에는 톱니바퀴처럼 생긴 나무가 빠르게
돌며 줄을 감았다.

탕!

줄이 기관의 몸통을 때리자 튀어나갈 준비를 하고 있던 창

이 튀어나갔다. 창 앞에는 수십 개의 날카로운 날이 부착되어 있었는데, 그것이 밖으로 나오자 또다시 튀어나갔다.

촤라라락!

산비탈이라도 신법을 펼치게 되면 반드시 땅에서 발이 떼어지는 순간이 있다. 그 순간은 몸의 이동이 자유롭지 못하고 지금과 같은 기습에는 더욱 대응하기가 쉽지 않다.

겨우 일개 세가에 매복이라고 해봐야 얼마나 대수겠는가.

이것이 수많은 싸움을 해온 파천제일단원들의 생각이었다. 하나 그 생각을 끝까지 이어간 단원은 많지 않았다.

"크아아악!"

"으아악!"

비명이 끊이지 않고 이어졌다.

기관을 지나친 몇 명과 뒤따르던 삼, 사조의 대원들이 순간적으로 정지했다.

전혀 생각지도 못한 기습이었다.

그러나 동료들의 죽음을 본 파천제일단원들은 곧 눈에 핏발을 세우며 고함을 지르고는 더욱 거세게 다시 오르기 시작했다.

'갑자기 무슨 기관매복이지?'

파천제일단주 계돈은 직감적으로 무언가 틀어지고 있음을 느꼈다.

부하들은 무방비 상태의 적을 쓸어버리기만 하면 된다고
알고 있었다. 그렇게 말해준 사람이 바로 계돈 자신이었다.

계돈의 착각은 온전히 부하들에게 전달된 상태였다.

아래를 내려다봤다.

적완이 왜 올라가지 않느냐는 듯 쳐다보고 있었다.

계돈은 창에 찔려 죽은 부하들을 보며 스스로를 위로했다.
이 정도 희생은 어느 싸움에서나 있는 것이라고.

한참을 더 올라갔을 때였다.

"……!"

계돈은 자신의 눈으로 믿지 못할 광경을 보게 됐다.

부하들이 아끼는 창에 찔려 죽더니 이번엔 나무와 나무 사
이에 설치된 은잠사에 사지가 잘려 나가며 죽었다.

'또!'

벌써 죽은 부하의 숫자가 오십여 명이었다.

"멈춰!"

계돈이 급히 소리친 후 손에 든 도를 앞쪽으로 던졌다. 날
아간 도는 가장 앞에 있는 부하의 옆을 지나쳐 멀쩡하게 서
있는 나무에 박혔다.

퍽!

나무를 자르지 못한 도가 흔들리자 기다렸다는 듯이 바닥
에서 창이 튀어나왔다.

계돈이 던진 도 덕분에 목숨을 건진 부하들이 주춤 자리에

멈춰 섰다.

"내가 먼저 갈 테니 따라라."

계돈은 자신의 도를 뽑으며 앞장섰다.

쿠콰!

계돈이 들어간 숲에서 굉음이 터져 나왔다.

"제일진이 무너졌습니다."

아래쪽을 지켜보던 여의단의 무인이 소리쳤다.

황보성은 보고를 듣자 고개를 옆으로 돌렸다.

"부탁드리겠습니다, 구 대협."

"큭. 저런 놈쯤이야 순식간에 끝낼 테니 가주님은 아무 걱정 마시오."

구징효가 손을 풀며 앞으로 나섰다.

계돈만 막아줄 고수가 있다면 나머지는 제일진에서 처리한 만큼 잡아놓을 자신이 있었다.

"항상 감사드리고 있습니다."

황보성의 미안함이 담긴 말이었다. 하나 구징효는 아무 말도 듣지 못한 사람처럼 귀를 후비며 아래로 내려갔다.

구징효의 반응을 본 황보성은 자신도 모르게 피식, 웃으며 다음에 지시할 사항을 점검했다. 구징효가 간 이상 해결될 거란 믿음이 있는 것이다.

빠르게 올라가던 계돈이 급히 속도를 늦추며 도를 회전시켜 얼굴을 막았다. 싸움을 통해 단련된 그의 신경이 먼저 위험을 알아차렸다.

쾅!

묵적한 주먹이 도신을 때린 후 뒤로 물러섰다.

뒤따라온 부하들이 갑작스런 상황에 계돈의 주위로 몰려들려 했다.

순간, 계돈은 앞쪽을 올려다봤다.

위험 여부를 가리려는 행동이었으나, 구징효가 그걸 모를 리 없었다.

"큭. 내 앞에서 한눈을 팔면 곤란하지."

구징효는 곧바로 손을 썼다.

무쌍포 대붕이 펼쳐지자 주먹이 몇 배는 커진 것 같은 착각이 일며 계돈을 압박해 갔다.

파천제일단의 단원들은 계돈을 돕지도 못하고, 그렇다고 진격도 못하는 어정쩡한 상태가 됐다.

그때, 뒤에서 다른 조가 올라오며 앞 조를 추월하는 사태가 일어났다. 어정쩡하게 서 있던 파천제일단의 앞 조는 서둘러 진격해 갔다.

위쪽에선 이미 기다리고 있던 터라 또 다른 밧줄들이 잘려져 나갔고, 잘려진 밧줄은 그물에 넣어둔 바위들을 굉음과 함께 쏟아냈다.

비탈이 미끄러운 곳이라면 바위들이 일정하게 떨어졌겠지만 비탈면에는 튀어나온 돌조각과 나무들이 가득했다.

신법을 펼쳐 바위를 피하던 마인 한 명이 커다란 바위를 안고서 땅으로 떨어졌다. 바위를 피하려다 오히려 안긴 꼴이 된 것이다.

쾅!

구징효는 뒤쪽에서 떨어지는 바위를 한주먹에 박살 내면서도 시선을 계돈에게서 떨어뜨리지 않았다. 이대로 조금만 더 시간이 흐르면 파천제일단은 살아남는 자가 얼마 되지 않을 것 같았다.

계돈은 더 이상 지체할 수 없었다. 도를 양손으로 쥔 채 구징효를 향해 휘두르며 전진했다.

불끈, 솟은 핏줄이 고스란히 드러났다.

팔대마공 중 잔인하기로는 수위를 다투는 잔상도였다. 잔상도에 당한 시체는 형체도 남지 않는다고 했다.

계돈이 내지른 도기가 이어진 도기에 반 토막이 나고 그 도기가 다시 반 토막이 난 채로 구징효를 짓쳐들었다.

"쿵. 그따위 조잡한 도기! 이 주먹 한 방으로 날려주마!"

구징효는 다가오는 도기를 똑바로 쳐다봤다.

양 주먹엔 이미 무쌍권의 정화가 가득 담겨 있었다.

계돈의 도기가 막 구징효를 짓이기려 하는 순간, 구징효의 주먹에서 무언가 튀어나갔다.

콰쾅!

"컥!"

계돈은 자신의 눈을 믿을 수가 없었다. 그의 잔상도기를 부수며 들어오는 주먹을 본 것이다.

붕탄.

구징효는 돈오의 도움으로 며칠 전에야 완성할 수 있었다.

잔상도까지 놓치고 날아가는 계돈을 보는 구징효의 눈엔 감격이 어렸다.

'이런 기분이었구나.'

권기를 날리는 기분은 권기를 직접 사용하는 것과 달랐다. 붕탄을 날린 충격으로 땅속에 뒤꿈치까지 파고들어 갔다.

무쌍권을 익힌 이후 처음이었다.

충만해진 자신감 덕분에 귀가 먹먹해지며 이 세상에 구징효 혼자 있는 것만 같았다.

팍!

구징효를 향해 굴러오던 바위가 또다시 권에 의해 부서졌다.

"쿵. 너무 강해졌나? 돈오 선배가 갑자기 고마워지려고 하네."

상황에 어울리는 말이 아님에도 구징효는 웃었다.

스스로 해낸 성과에 스스로 상을 주는 것이다.

"저기 한 놈이 있다!"

구징효의 상념을 깬 자는 또다시 밀려드는 파천제일단의 단원 중 한 명이었다.

"쿵."

콧바람과 동시에 주먹을 날린 후 구징효는 곧바로 위로 내달렸다. 달라진 것 중 하나였다.

쾅!

붕탄이 작렬한 곳에는 구덩이가 파였으며, 파천제일단 단원들을 흩어지게 만들었다.

"부탁드리겠습니다."

황보성의 시선이 이번에는 준비하고 있던 여의단 무인들과 십대세가의 무인들에게로 향했다.

질척한 땅을 거칠게 밟으며 칠십여 명이 각자의 무기를 뽑아 들었다. 그리고는 곧장 비탈길을 따라 올라오는 적들을 향해 손을 썼다.

"크아악!"

비명이 마인들의 입에서 터져 나왔다.

그러나 그것은 처음뿐이었다. 마인들은 곧장 정비를 하고 여의단과 십대세가의 무인들을 죽여 나갔다.

마인들은 피하면서 찔렀고, 같이 구르는 와중에도 빠르게 무기를 바꿔 무인들의 목을 그었다. 그렇게 되자, 상황은 순식간에 역전됐다.

이어서 파천제이단까지 몰려왔다.

물러서면 죽는다!

황보세가 쪽의 무인들은 각오를 다졌다. 하나 한 번 무너진 힘의 균형은 급속도로 퍼져 나갔다. 일단, 수적으로 너무 차이가 났다.

황보세가 쪽 무인들의 눈에 절망이 담겼다.

그들이 무너지면 곧장 황보세가의 정문까진 아무것도 없었다. 더 이상은 물러설 수 없었다.

"퉤!"

여의단 무인 중 한 명이 침을 뱉으며 마인들을 노려봤다.

"한 명이라도 더 죽이고… 죽는다!"

무인으로서 오악무제의 일인인 장제와 같은 공간에 있었다는 것은 대단한 의미를 갖는다. 더구나 그것이 여의단을 위하는 길이라면 더욱더. 이 두 가지 이유만으로도 그는 검을 고쳐 잡기에 충분했다.

챙! 퍽!

검과 검이 부딪친 후 곧바로 이어진 발길질에 그는 나가떨어졌다. 그래도 다시 일어나 검을 들었다. 또 맞아서 바닥을 굴렀다. 또 구르다 등과 허벅지에 혈흔을 입었다.

"피해!"

동료가 외쳤다.

"너나 피해."

그는 동료의 충고에도 아랑곳하지 않고 다시 일어나 검을 쥐려 했다.

푸욱!

그의 심장을 뚫고 칼날이 나왔다. 충고하던 동료가 고함을 지르며 적의 목을 향해 검을 휘둘렀다. 투박한 소리와 함께 피가 튀었고, 그 검은 또 다른 마인을 향해 날아갔다.

그때였다.

"진을 펼쳐라!"

뒤쪽에서 파천제일단의 조장쯤 되는 자가 소리쳤다.

마인들은 곧장 살아남은 황보세가 쪽의 무인들을 에워쌌다.

그렇게 두 번째 도살이 시작됐다.

진세를 잡은 파천마궁의 마인들은 빠르게 황보세가 쪽 무인들을 휘감았다가 떨어졌다.

"크흑!"

황보성은 이를 물었다.

담장 너머에서는 황보세가를 지켜주던 무인들이 죽어가고 있었다. 그럼에도 황보성은 정문을 열 수 없었다.

그것이 미안한 것이다.

“성, 참아야 하네.”

뒤쪽에 있던 제갈기가 황보성의 어깨를 지그시 눌렀다. 그리고는 담장 아래에 몸을 웅크리고 있는 무인들을 돌아봤다.

모두들 제갈기의 손짓을 기다리고 있었다.

밖의 상황을 지켜보던 제갈기가 손을 들었다.

그러자 무인들이 일어나며 화살을 쏘기 시작했다.

“성, 곧 정문도 무너질 테니 안으로 들어가세.”

“여기 있겠네. 황보세가 때문에 죽어가는 저들을 두고 나만 피할 수 없네.”

황보성의 거부는 무의미했다. 제갈기는 이미 준비하고 있던 두 사람에게 고개를 끄덕였다.

“기! 안 돼!”

황보성은 갑작스런 상황에서 벗어나려 했으나 이미 들려진 채 안쪽으로 들어가고 있었다.

“성, 자네는 이미 십일대세가를 대표하는 존재일세.”

제갈기는 웃었다.

파천마궁의 삼백 마인이 정문까지 도달하는 데 걸린 시간은 불과 두 시진도 걸리지 않았다.

저런 상대를 두고 떨리지 않는다면 거짓말이었다. 정문이 뚫리는 순간 제갈기의 목숨은 이미 본인의 것이 아닐 것이다.

뒤를 돌아봤다.

대전 쪽에선 아직 연락이 없었다.

헌원경과 신공장, 돈오가 아직 일을 끝마치지 않은 모양이
다.

'세 분이 오실 때까진 시간을 벌어야 한다.'

규모 자체가 제갈기의 예상을 벗어났기에 대처할 방법은
처음부터 없었다.

여의단에서 지원군을 보내준다고 했지만 아직 감감무소식
이었다.

"제갈 공자, 화살이 다 떨어졌습니다!"

화살을 쏘던 무인 중 한 명이 외쳤다.

"모두 무기를 들고 정문을 포위하시오!"

제갈기는 검을 뽑아 들며 당당하게 섰다.

"큭. 남자가 이 정도 일에 겁을 먹으면 곤란해."

뒤쪽에서 제갈기의 날 선 신경을 건드리는 목소리가 들렸
다.

"구 대협, 여기서 뭐 하는 겁니까? 소소를 지켜달라고 했잖
아요."

"크큭. 안에는 사람이 많으니 걱정 마라. 근데 저놈들은 왜
안 들어오는 거야?"

'그러고 보니……'

밖의 반응이 예상외로 잠잠했다.

제갈기는 재빨리 신법을 펼쳐 담장 위로 올라섰다.

구징효의 눈이 번뜩인 것도 그때였다.

구징효는 곧장 몸을 날려 정문을 넘어갔다.

"구 대……!"

제갈기가 만류하기엔 늦은 후였다.

콰콰콰!

주춤하는 파천마궁의 마인들에게 달려간 구징효는 권을 쉴 새 없이 퍼부었다. 구징효의 권에 맞은 마인들은 신체의 일부분이 함몰된 채 나가떨어졌다.

권이면 권, 신법이면 신법.

구징효의 신형은 신출귀몰했다.

그가 지나간 곳에는 폭음이 터졌고 젖은 흙이 사방으로 튀었다. 그 모습은 흡사, 웅크리고 있던 곰의 모습 같았다.

무섭도록 빠르고 현란한 발의 움직임과 거리와 무관하게 쏟아지는 권기와 권포는 마인들을 동요시키기에 충분했다.

"아!"

지켜보던 제갈기는 자신도 모르게 탄성을 터뜨렸다.

예전에 봤던 구징효보다 훨씬 강한 무인이 그곳에 있었다.

구징효는 마인들을 숨 돌릴 틈 없이 때렸다.

그때, 구징효를 향해 무섭게 달려드는 인영이 있었다.

"멈춰라!"

인영은 나무 위에서 아래쪽으로 내리꽂혔다.

쾅!

"……!"

구징효의 시선이 위쪽을 향했다.

인영은 신형을 거꾸로 세운 채 둥그런 묵빛 기운으로 구징효의 권을 봉쇄하며 내리누르고 있었다.

'젊은 놈이 이런 내공을!'

구징효는 서른도 안 되어 보이는 적완을 보고 깜짝 놀랐다.

'이대로 땅에 묻어버린다!'

적완은 구징효를 노려보며 더욱 힘을 주었다.

그러자 가뜩이나 물러진 땅속으로 구징효의 발이 '쑥' 들어갔다.

구징효가 가만히 있는 것은 아니었다.

무쌍포 대붕을 두 주먹에 모아보기도 했고 붕탄을 이용해 신형을 빼려고도 했다. 하나 적완의 손은 그런 구징효를 놓아주지 않았다.

암흑대멸겁은 퍼뜨리면 파괴력 위주의 무공이 되고, 퍼뜨리지 않고 수투처럼 양손에 집중시켜 사용하면 웬만한 공격으로 흠집조차 낼 수 없는 방어 수단이 되는 무공이었다.

구징효가 밀리자 멈춰 있던 파천제일, 제이단 마인들의 눈이 다시 살아나기 시작했다.

구징효의 의도와 무관하게 오히려 역효과가 일어난 것이
다.

"큭. 제길… 이 무슨……."

구징효가 이를 갈며 적완을 밀어내려 할 때였다.

"저런 모자란 놈."

꾸룽! 따당!

놀리는 듯한 말투와 동시에 맑은 소리가 이어졌다.

"헉!"

조금만 더하면 구징효를 묻을 수 있었던 적완은 헛바람을
삼키며 몸을 피해야 했다.

신공장의 벽력정 두 개가 적완의 사혈을 노리고 날아왔기
때문이다.

적완은 몸을 피하며 날아오는 벽력정을 향해 두 개의 손가
락을 모아서 뻗었다.

콰쾅!

벽력정 두 개와 묵지혈환이 부딪치며 낸 소리였다.

"냉큼 못 와!"

신공장이 한 번 더 소리치자 구징효는 재빨리 신법을 펼쳐
담장을 넘었다.

"미진한 것들."

조빈은 인상을 썼다.

위쪽 상황은 소리를 들어 알 수 있었다.

적완이 올라갔는데도 별다른 변화가 없다는 것은, 황보세가에 고수들이 제법 있다는 소리였다. 여기서 더 지체해 봤자 좋을 게 없었다.

"황보세가… 내가 직접 나서게 될 줄은 몰랐다."

황보세가 따위. 조빈은 그렇게 여기고 있었다. 한데 시간이 흘러도 정리될 기미가 보이지 않자 머리가 아파왔다.

태산에 도착했을 때의 안 좋은 느낌이 다시 고개를 든 것이다. 두통을 떨치기 위해서라도 장제와 마무리 짓는 편이 좋았다.

콰창!

조빈은 생각과 동시에 마차 지붕을 뚫고 치솟았고, 곧장 검은 연기로 화해 허공을 유영하며 황보세가를 향해 날아갔다. 그 뒤로 열 개의 인영이 따라갔다.

"……!"

신공장을 노려보며 서 있던 적완이 갑자기 놀란 눈으로 허공을 쳐다봤다.

신공장이 그 시선을 따라 고개를 들었다.

"파천마궁주!"

신공장은 검은 연기처럼 보이는 신형의 주인이 누군지 한눈에 알아볼 수 있었다.

"쿵. 정말 더럽게 치사한 자식이군. 지 부하들은 나 몰라라 하겠다는 거냐!"

구징효의 외침은 조빈이 지나친 후에 나왔다.

"……!"

대전 앞에 뒷짐을 지고 있던 헌원경의 눈에 이채가 감돌았다.

"벌써?"

헌원경은 뒤쪽을 돌아봤다.

대전 안은 아직 잠잠했다.

"아직인가……."

벌써 기척을 했어야 하는 황보소소가 아직 나오지 않고 있었다. 이곳에서 싸움을 한다는 것은 위험했다.

스르르.

헌원경의 신형이 앞으로 쭉 미끄러졌다.

안쪽까지 밀고 들어올 것을 대비해 배치해 놓은 십대세가의 무인들이 길을 한 옆으로 쫙 갈라섰다.

그들에게 헌원경이란 존재는 감히 쳐다볼 수도 없는 사람이었다.

헌원경의 무탄력신법은 한 번에 황보세가의 중심이랄 수 있는 전각까지 이어졌다.

멀쩡한 상태에서도 승부를 자신할 수 없는 삼마군의 일인

파천마궁주.

한 번쯤은 부딪쳐야 하는 자였다.

헌원경은 제자리에 우뚝 섰다.

"최대한 멀리."

헌원경의 손짓이 떨어지자 십대세가의 무인들이 일제히 정문 쪽으로 이동했다.

왜 이곳을 싸움 장소로 선택했는지 다들 아는 까닭이다.

"여기다!"

꾸― 웅―!

헌원경을 중심으로 바닥이 거북이 등처럼 갈라졌다.

허공을 가로지르던 검은 연기가 근처 전각 위에서 멈춰 섰다.

"파천마궁주?"

"크크. 내가 아니면 누가 있어 이런 환대를 받을까."

조빈은 전각 위에 서서 헌원경을 내려다봤다.

두 사람의 시선이 팽팽하게 맞섰다.

지켜보는 모든 사람들이 숨을 죽였다.

두 사람의 대화 아닌 대화에 담긴 기세가 전해진 탓이다.

드드드등―

전각과 땅이 두 사람의 기운을 이기지 못하고 동시에 진저리를 쳤다.

헌원경은 이 순간만큼은 무신(武神)이 되어야 했다.

지켜야 할 손녀가 뒤에 있었고, 손자가 앞에 있었다.

'뭐지? 지나치게 강하다.'

조빈은 헌원경의 기세가 생각보다 강하다고 생각했다. 팔대마공을 완성한 조빈에겐 이 순간 모든 것이 피부에 와 닿았다.

헌원경의 눈빛, 태도, 내뿜는 기세까지.

오악무제의 일인답지 않게 서두르고 있었다.

'혹시 일부러?'

헌원경과 같은 고수가 일부러 자신을 드러내는 경우는 몇 가지 안 된다. 다쳤거나, 서둘러야 할 이유가 있거나.

상대에 맞춰주는 싸움을 할 것이냐, 상대를 따라오게 만드는 싸움을 할 것이냐.

헌원경을 찾을 때만 해도 빠르게 싸움을 끝내고 돌아가려 했다. 하나 헌원경의 상태를 어느 정도 짐작한 이상 굳이 그럴 이유가 없어졌다.

"파천궁도들은 공격하라."

조빈의 목소리는 낮았다.

그러나 그 한마디에 황보세가 밖의 파천마궁도들은 광분하기 시작했다.

"와아아아아아아!"

헌원경의 시선이 정문 쪽으로 향했다.

"뭐지, 이 유치한 짓은?"

조빈의 태도를 비웃는 혼잣말이었다.

쉽게 승부 낼 수 없는 고수들끼리의 싸움에서 심리전은 중요했다.

"크크. 유치한 짓? 장제가 그런 말을 하다니 지나가던 개가 웃을 일이군."

"마두들이란……."

헌원경의 입가에 비웃음이 번졌다.

심계에는 심계.

서로의 속내를 감추는 것이 중요했다.

조빈은 헌원경을 노려보다 호흡을 길게 내뻗었다.

싸우기로 결정을 내린 모양이다.

헌원경은 '누가 먼저 손을 쓰느냐'의 상황까지 이끄는 데 성공했다.

팽팽히 당겨진 긴장감을 깬 쪽은 조빈이었다.

조빈은 손가락을 가볍게 튕겼다.

쿠콰콰!

요란한 소리와 함께 날아오는 묵빛 구체.

묵지혈환이 유형화된 형태였다.

두 사람과 같은 고수들의 대결에선 자신이 없이는 함부로 손을 쓸 수가 없었다.

헌원경은 피해도 되는 묵지혈환을 손바닥을 펴서 막았다.

파항—!

'쩌르르' 한 느낌이 손바닥 전체를 울렸다.

묵지혈환에 담긴 내력을 짐작케 했다.

'위험하다.'

헌원경은 단 일 할의 내공이 아쉬웠다. 일 할의 차이로 목숨이 오갈 수 있는 상황이기에 더욱 절실했다.

'평범한 풍뢰신장으로는 상대할 수 없다.'

헌원경은 묵지혈환을 막자마자 곧바로 땅에서 솟구치며 조빈을 향해 풍뢰신장을 넓게 펼쳤다.

쿠쾅!

거친 폭음과 함께 애써 지은 전각을 무너뜨리며 조빈이 움직이도록 만들었다. 아니, 그랬어야 했다. 적어도 허공에 뜬 채 헌원경을 바라봐서는 안 되는 상황이었다.

"크크. 이건 뭐지? 내가 파천마궁주라는 걸 알고는 있나, 장제?"

"그 정도면 죽일 수 있을 줄 알았지."

헌원경도 지지 않고 대답하는 동시에 손바닥을 아래로 내리는 시늉을 했다.

"크크크. 장난을 치겠다?"

조빈은 헌원경의 풍운번천이 머리 위에 떨어지고 있음에도 여유를 잃지 않은 채 손을 들어 올렸다.

"……?"

헌원경은 의아했으나 풍운번천의 속도를 늦추진 않았다. 오히려 더욱 가속을 해서 내려쳤다.

콰쾅!

'이건…….'

헌원경은 손바닥으로 전해지는 촉감에 인상을 썼다.

"혈강시……."

"크크. 그 정도 장난이야 이 장난감들로 충분하지."

혈강시 열 구가 조빈의 위쪽에 뜬 채 헌원경의 풍운번천을 나눠서 소화시킨 것이다.

조빈은 웃으며 바닥을 향해 가볍게 손을 저었다.

콰쾅!

암흑대멸겁이 거대한 구덩이를 팠다.

"……!"

헌원경이 열 구의 혈강시를 상대하고 있는 상황에서 저런 식의 행동은 헌원경을 조롱하는 행위밖에 되질 않았다.

헌원경은 혈강시를 무시하고 조빈에게 손을 쓰고 싶었으나, 조빈은 이미 다른 전각 위로 이동한 후였다.

쉬악!

"……!"

혈강시들의 움직임이 빨라졌다.

훈련이라도 받았는지 열 구의 움직임은 자연스럽게 헌원경의 사혈을 정확히 찔러왔다.

사람이라면 위협을 해서 틈이라도 찾겠지만, 이것들은 찌를 곳만 찌르면 그만인 강시들이었다. 헌원경은 천근추를 시전해 급히 신형을 아래로 내렸다.

"기다렸다."

조빈의 사악한 목소리.

헌원경의 얼굴은 사색이 됐다.

쾅!

"큭!"

헌원경은 가슴의 통증과 함께 뒤로 밀려나며 득의한 표정의 조빈 얼굴을 눈에 담았다.

"창피한 줄 알라!"

"창피? 그따위 말은 너 같은 종자들끼리 싸울 때나 지껄여라, 장제. 싸움은 이기면 되는 거다! 너를 죽이고 내가 원하는 것을 얻으면 되는 거다! 그것이 싸움인 거다. 마문정을 내놓고 무릎을 꿇는다면 심장을 통째로 뜯어주기는 하겠다. 크하하하!"

"닥쳐!"

파항—!

헌원경은 가슴의 통증조차 잊었다.

사파의 마두를 상대하며 예의를 기대한 것은 분명 그의 잘못이었다.

사방으로 기파가 번져 나갔다.

“될까?”

조빈은 이미 승기를 잡고 있었다.

헌원경의 공격을 읽고 있는 것이다.

조빈의 신형이 뒤로 빠지며 혈강시들이 다시 앞으로 나섰다.

“……!”

이성을 잃으면 진다는 것을 잘 알면서도 헌원경은 분노를 다스릴 수 없었다.

“죽어라!”

풍뢰신장을 연속해서 펼치며 조빈을 향해 움직였다.

쾅!

혈강시 하나가 날아갔다.

풍뢰신장 한 방에 하나씩.

이대로 전진하면 조빈 앞까지 가기도 전에 지칠지도 몰랐다.

그때였다.

빠박!

“……!”

연속으로 터지는 음향.

헌원경의 시선이 소리가 들린 곳으로 돌아갔다.

“소, 소소야, 안 돼! 다시 들어가거라!”

헌원경의 뒤쪽에는 언제 나타났는지 황보소소가 서 있었

다. 황보소소의 호위 혈강시 두 구가 조빈이 부리는 혈강시 네 구와 뒤엉켜 날아가며 낸 소리였다.

"그것들은… 감히! 내 물건에 손을 댔단 말이냐!"

조빈의 살기가 황보소소를 향했다.

"먼저 이것부터 받아라!"

잠깐의 틈이 나자 헌원경은 아직 남아 있는 혈강시 두 구의 돌진을 무시한 채 전력을 다해 풍뢰신장 삼초식 풍운번천을 종, 횡으로 연속해서 뿌려댔다.

펑!

혈강시 두 구가 헌원경과 충돌하며 밀어붙여 왔다.

그그그극!

헌원경은 땅속에 발을 넣어 최대한 속도를 늦춘 후 혈강시 두 구를 머리부터 땅속으로 쑤셔 박았다.

"소소야, 피하거라!"

헌원경이 다급하게 외쳤다.

그제야 헌원경의 풍운번천이 조빈을 때렸다.

콰콰쾅!

두 고수의 충돌로 인해 주위 전각들이 부서지며 허공이 흙먼지로 자욱해졌다.

"아……."

헌원경은 흙먼지를 뚫고 검은 연기 한줄기가 황보소소를 향해 날아가는 것을 보고 말았다. 굳이 결과를 예측할 필요도 없었다.

황보소소는 조빈이 날아오는 것을 보고 혈강시 두 구를 소환하는 즉시, 풍뢰신장을 펼쳤다.

혈강시 두 구는 곧바로 황보소소를 따라 자세를 취했고, 세 줄기 장력이 조빈을 향해 뿌려졌다.

"소소야……."

헌원경은 황보소소의 자세가 얼마나 안정적이고 훌륭한지 한눈에 알 수 있었다. 장했다. 하나 그것만으로는 조빈의 공격을 막아낼 수는 없었다.

헌원경은 남은 힘을 전부 모아 풍뢰신장이 펼쳐지는 반경을 최대한으로 좁혀서 검은 연기를 향해 날렸다. 조빈을 멈추는 것이 목적이 아니라 잠깐의 시간을 벌기 위한 한 수였다.

그러나 그것은 헌원경의 바람이었다.

검은 연기는 현란한 움직임으로 헌원경의 장력을 무의미하게 만들었고 곧장 거대한 검은 구체를 황보소소에게 날렸다.

"안 돼!"

헌원경은 통한의 외침을 터뜨렸다.

콰콰쾅!

"……!"

헌원경의 전신이 덜덜덜 떨리게 만드는 굉음이었다.

황보소소가 서 있던 자리에서 거대한 먼지가 피어났다.

흐리고 안개 가득한 날이었으나 조빈이 퍼부은 장력에 의해 흙먼지를 감싸고 있던 물기가 증발되면서 순식간에 주위가 뿌옇게 변했다.

헌원경은 숨을 멈춘 채로 한 걸음씩 그곳으로 다가갔다.

그때였다.

"괜찮소?"

먼지 속에서 조빈의 목소리도, 황보소소의 목소리도 아닌 엉뚱한 목소리가 흘러나왔다. 젊은 목소리였다.

"…괜찮아요……."

황보소소의 떨리는 목소리가 이어졌다.

다가가던 헌원경은 어리둥절해져서 먼지를 치우며 안으로 들어갔다.

먼지 안.

"……!"

헌원경의 눈을 믿지 못하게 하는 광경이 벌어졌다.

그토록 일방적으로 헌원경을 몰아붙였던 조빈이 한쪽으로 날아가 기둥 속에 박혀 있었고, 황보소소 앞에는 낯익은 인영이 한 명 서 있었다.

"너… 너……."

황보세가를 떠나겠다며 재수없는 표정을 짓던 녀석이 거기 있었다. 헌원경의 장력 한 번에 맥도 못 추고 날아갔던 녀석이.

"헌원 노사, 오랜만입니다."

용악은 황보세가를 떠날 때 지었던 표정과 똑같은, 헌원경
이 보기에 무척 재수없는 표정을 짓고 있었다.

〈제4권 끝〉

長虹貫日

장홍관일

월인 新무협 판타지 소설

세상은 언제나 정의가 승리하고,
그래서 사필귀정(事必歸正)이라고?

개소리!

세상은 나쁜 놈들이 지배하지.
그러나 그놈들은 아주 교활해서 절대로 나쁜 놈처럼 안 보이지.
현재 무림을 지배하고 있는 백도의 어떤 인간들처럼……

암제 혈로

설경구

新무협 판타지 소설

—떠나세요, 가능한 한 멀리.
—하나만 기억하세요. 일단 살아남아야 후일을 도모할 수 있습니다.
—떠나.

오랫동안 연락이 두절되었던 이들이 약속이라도 한 듯 찾아와
꺼낸 이야기들과 함께 시작되는 집요한 추적.
그리고 거대한 음모에 휘말려 억울한 누명을 쓴 채로
오직 살아남기 위해 필사적으로 도주하는 한 사내, 진가혼.

"왜 하필 나입니까?"
"자네가 가장 적당하기 때문이지."
"아시겠지만 그를 죽인 것은 제가 아닙니다."
"물론 알고 있네. 그런데 말일세… 그래도 그를 죽인 것이 자네라는
사실은 변하지 않네."

누구를 믿어야 할까.
적아도 명확하지 않은 상황에서 이유조차 모른 채 도주하던
한 사내의 역습이 시작된다.